記憶をなくした旦那様が、契約婚なのにとろ甘に溺愛してきます

m a r m a l a d e b u n k o

若菜モモ

マーマレード文庫

目次

記憶をなくした旦那様が、契約婚なのにとろ甘に溺愛してきます

記憶をなくした旦那様が、
契約婚なのにとろ甘に溺愛してきます

プロローグ

「寿々《すず》、買い物おつかれ。料理はいいから、こっちへ来て」

六月の上旬、ここ最近は梅雨前の晴れ間が続いている。

正午、日当たりのいいサンルームのソファに座っている優心《ゆうしん》さんが、買い物から戻って来た私を呼ぶ。

寿々……彼からそう呼ばれるのは、くすぐったい。

まるで私を愛しているかのように甘く聞こえるから。

「でも、おなかを空かせているのでは？　すぐに作りますから。おとなしく待っていてくださいね」

そう言うと、優心さんは苦笑いを浮かべる。

「君くらいだろうな。俺の言うことを聞かないのは」

そうじゃない。

甘い雰囲気《ふんいき》を漂わせている彼に近づくのは危険だ。

優心さんの第二秘書である私は、彼の言葉が絶対なのだから。

ふと食材の入った袋を持つ左手の薬指へ視線を向ける。

そこには見事に輝くダイヤモンドのエンゲージリングと、マリッジリングがはまっている。

「寿々？」

ほら、また勤務中から想像できない魅惑的な微笑《ほほえ》みを浮かべて、私を誘う。

あの微笑みを向けられたら、どんな顔をすればいいのかわからなくなる。

「優心さん、子供みたいですね」

仕方なく、その場に荷物を置いて優心さんに近づき前に立った。

彼の右手が私の腰の辺りを撫《な》でる。

「男は好きな女性の前では、甘えたくなるんだ」

情欲を孕《はら》んだ瞳を向けられ、ドクンと鼓動が大きく跳ねる。

腰に置かれた手に誘導されるようにして、隣に座る。そしてその手は頬へと移動して顔を引き寄せられた。

ドクドク……と、全身の血流が目まぐるしく回るような感覚に眩暈《めまい》を覚える。

優心さんの美麗な顔が傾《かたむ》けられ、このままでいくとキス、しちゃ……。

「だ、だめです」

唇があと十センチほどのところで顔を引こうとするが、ほんの少しうしろに移動しただけで、漆黒の瞳に囚《とら》われ動けなくなった。

「だめ？　入院中、ずっとこうしたかった」

「だ、だって体に障ります」

優心さんは完全に……私との〝契約結婚〟の記憶を失っていた。

一、実家の危機

三カ月前。

金曜日の十八時の終業時刻が過ぎ、デスクの上を片付け、清書を済ませた会議の議事録のファイルを抱えて、専務取締役の執務室で仕事をする田沢貴士《たざわたかし》秘書に提出するため、秘書室のドアを開けた。

私、加々美寿々《かがみすず》は、TAKAMINEエレクトロニクス株式会社に入社してから、来月の四月で五年目になる二十六歳で、専務取締役の第二秘書を務めている。

わが社は、世界中にグループ会社を持つ半導体に特化した事業を展開しており、創立五十周年と若いが、日本でトップクラスの企業である。

これから議事録を提出する田沢さんは、高嶺優心《たかみねゆうしん》専務取締役の第一秘書で、私の直属の上司になる。

専務の第一秘書の田沢さんは専務の執務室で仕事をしており、第二秘書の私は同じフロアにある秘書室で業務を行っている。

洗練されたダークグリーンの絨毯《じゅうたん》が敷かれた先、専務取締役の執務室のドアをノックすると、中から田沢秘書が現れる。

「どうぞ」

田沢秘書は体をずらし、私を室内へ進ませドアを閉める。

三十畳はある広い執務室の窓際近くのプレジデントデスクに、高嶺専務が受話器を肩に挟み、デスクトップパソコンのモニターへ視線を向けながら、リズミカルにキーボードを打っている姿が目に入る。

高嶺専務は三十五歳の独身で、身長は百八十センチを優に超え、キリッとした眉の下の切れ長の目、高い鼻梁、少し薄めの唇、その端整な顔立ちはクールに見える。いや、見えるだけではなく、実際わが社の独身女性から熱い眼差《まなざ》しを向けられているにもかかわらず、まったく女性に興味がなさそうで、いつだってクールなのだ。

かくいう私も、その独身女性のひとりではあるが、上司である専務に憧れの気持ちはあるものの、だからといって恋人になりたいとは思っていない。

あくまで上司と部下の関係、これが心地良いと思っている。

優れた容姿にセレブ一族の御曹司、男の色気を兼ね備えた高嶺専務に恋人がいないわけがないと思っているが、私生活をチラッとでも垣間見ることなんて、近くにいる私でもできない。

「おつかれさまです。本日の会議の議事録です」

ファイルを席に着いた田沢秘書に手渡す。

田沢秘書はファイルを開き、目を通してうなずく。

「おつかれさまでした。よくまとめられています。今夜はたしか同期会でしたね。上がってください」

「はい。お先に失礼いたします」

田沢秘書に頭を下げ、まだ電話中である高嶺専務の方へ体を向けてお辞儀をして退出した。

秘書室には風間瞳《かざまひとみ》さんという同期がおり、秘書室に戻るとすでに彼女は退社したという。同期会の会場へ向かったのだろう。

今日、風間さんは幹事だったことを思い出す。

同期入社は四十人ほど。赤坂《あかさか》の本社に二十人が各部署に配属され、残り半数が国内や海外のグループ会社で勤務している。

ＴＡＫＡＭＩＮＥビルディングは、地下鉄の赤坂駅と直結しており、地上四十三階、地下三階。

地下一階から五階まではレストランや高級ブティックが入り、六階から十九階までが他社のオフィス、二十階から三十五階までがＴＡＫＡＭＩＮＥエレクトロニクスの本社である。

三十六階から四十三階までは、外資系の五つ星ホテルが入っている。

同期会は私たちの年代だけが開くのではなく、各年代も年に一度開かれている。

社内のコミュニケーションを取るために年に一度、こういった会を会社が推奨していて、福利厚生費としてひとり一万円まで出してもらえる。

今年は風間さんと営業課の男性、黒崎《くろさき》さんのふたりで、メディアにも出演中の有名シェフがいる、五階の高級イタリアンレストランで行われる。

同期会は十九時からで、開始まで時間に余裕があり、秘書室を出てレストルームでメイクを直すことにした。

重役フロアだけあって、レストルームは他の階よりもラグジュアリーで大理石や鏡の縁にもゴールドが使われている。

鏡に映る私の髪は一度も染めたことのない柔らかいブラウンで、胸のあたりまでの長さに、くせ毛を活かしたふんわりしたミディアムロング。

目は二重で大きいねと、友人から言われる。鼻はそれほど高くなく、唇は大きくも小さくもないごく普通の形だと思う。

昼食後にメイクを直した顔に、ファンデーションを薄く叩《たた》いて、リップは落ち着いたローズブラウン色を塗った。

レストルームの入り口付近に設置された大きな鏡の前で、メイクの仕上がりだけでなく全身をチェック。

専務第二秘書としては、いつも身なりに気を使わなければと思っている。

「これでいいかな」

三月の上旬で、少し暖かくなってきているので、今日はクリーム色のツーピースを選んだ。

身長は百六十センチと平均。短めのジャケットの下はワンピースで、膝より少し下の丈だ。

それにベージュの春コートを羽織ってきている。

秘書なので毎日ツーピースやワンピースなどのかっちりした服を着ているので、同期会だからといって念入りにおしゃれをしてきたわけではない。

そこへ、経理課にいる気心知れた同期の島田菜摘《しまだなつみ》からメッセージアプリに連絡が入る。

【おつかれ！　今、仕事が終わったところよ。これからレストランに行くわ。向こうでね】

同期の中では悩みを打ち明けられる友人だ。

【私もこれから向かうね】

と、打ってメッセージを送ると、レストルームをあとにする。

エレベーターで五階まで降りた。

イタリアンレストランの入り口で会社名を告げて春コートを預けると、スタッフに個室へ案内される。

同期会は今回で四回目になり、幹事によって場所は異なる。前回は四階にある多国籍料理を出すレストランだった。

参加者のために個室のドアは開いており、先に来ていた菜摘から「寿々、こっちこっち」と手招きされて歩を進める。

菜摘はグレンチェックのワンピースを着ており、いつもストレートの肩甲骨まで流している髪は綺麗《きれい》に巻かれていた。

今日は二名が欠席で、白いクロスが掛けられた細長いテーブルには、九人ずつのカトラリーとショープレート《飾り皿》などが用意されている。

テーブル奥の端の席に座っている菜摘の隣に腰を下ろす。

まだ私の右隣は空いていて、菜摘の前にはITオペレーション課の女性、私の前にはIT開発部の男性が座っており、ふたりは会話が弾《はず》んでいるようで、楽しげに笑い合っている。

同期なのでいちおうは全員と顔見知りだが、部署が違うのでビル内でばったり会ったときに挨拶《あいさつ》を交わしたり、同期会で話したりするくらいの付き合いだ。

私の場合、三十五階の重役フロアへ直通のエレベーターなので、同期のみんなとはほとんど会えないのだけれど。

「皆さん、おつかれさまでした。お揃《そろ》いになりましたね」

真ん中の席で立ち上がり話すのは、同じ秘書室の風間さんだ。彼女は長い髪をいつもシニヨンにしている。

着ている服やバッグは常にハイブランドのもので、わが社のお給料やボーナスは他社よりも高給とはいえ、それらを頻繁に購入するのは難しいと思う。

風間さんは大手の建築会社の経営者のお嬢様で、噂《うわさ》によれば縁故入社と耳にしている。

だが、それ相応の適正がなければ四年間も続かないだろう。

とはいえ、上司や先輩には受けがいいのだが、同期や後輩に対しては高飛車な態度なので、よく思っていない人も多い。

「本日は入社以来四回目の同期会です。幹事を務めさせていただいている風間と黒崎さんです。今回は二名が出張のため十八名の参加になりました。日頃会えない皆さんと、どうぞ交流を深めてください」

風間さんはにこやかに挨拶し、もうひとりの幹事である黒崎さんがスパークリングワインで乾杯の音頭を取った。

「あ、それから、今日の足が出た食事代と、シャンパンなどの飲み物は高嶺専務が出してくださることになっています」

さすがにこのランクのレストランでは、福利厚生費だけではまかなえないとは思っていた。

でも、高嶺専務が……？

「寿々、高嶺専務の支払いって、聞いていた？」

「ううん。知らなかったわ」

高嶺専務はわが社の高嶺ＣＥＯ《最高経営責任者》のご子息で、この会社は彼の祖父が創設者だ。ゆくゆくは高嶺専務がＣＥＯになるのだろう。

彼はアメリカの超難関大学を首席で卒業し、ＭＢＡ《経営学修士》を取得している。見目麗《うるわ》しい姿だけでなく、さらに頭も切れる。

「第二秘書が知らないのに……あ、もしかしたら風間さんと高嶺専務はお付き合いしているとか？　ほら、風間さんってばコネ入社だし。もしかしたら御曹司に近づくためとか？」

「それは……わからないわ。高嶺専務の私生活はベールに包まれているもの」

「秘書として、一番近いところで高嶺専務を見ているのに」

そう言って菜摘が肩をすくめて笑う。

「私はぜんぜん近くないわ。ほとんど秘書室にいるから」

風間さんはいつ交渉したのだろうか。高嶺専務の支払いはかなりの高額になってしまうのでは……。

そう考えると、なんだか申し訳なくてスパークリングワインを飲む手が躊躇《ちゅうちょ》する。

お酒はそれほど強いわけではないので、スパークリングワインを三杯ほど飲めばふわっとしてくるのだが。

有名シェフのいるレストランは極上の味わいで、芸術的に盛り付けられた前菜から、肉料理、そして魚料理を楽しんだ。

隣に座った総務課の小野《おの》さんの話では、来月の入社式の準備で忙しいらしい。業績が良いわが社に、約百名の新入社員が入社すると言っている。

ＴＡＫＡＭＩＮＥエレクトロニクスは、グループ全体で約二万人の社員が働いているが、給料や待遇が良く福利厚生も充実しているため、離職率が低い。女性も産休後に八十パーセントが戻ってくるし、男性の育休取得も進んでいる。

わが社の社員だけではなく、このビルに入っている会社で働く人が利用できる保育所が七階にある。

保育所は設立から今年で十年目となり、立ち上げたのはなんと、アメリカから帰国した高嶺専務だと聞いている。

そんな恵まれた会社でずっと働き続けられたらと思っていたのだが、実家にある問題が浮上して、私は現在頭を悩ませていた。

実家は墨田《すみだ》区で、自動車整備工場を経営している。昔でいう、近所に根付いた〝工《こう》場《ば》〟だ。

家族経営なので規模は小さい。還暦近い父と、三十歳になる兄の尊《たける》、事務の六十代の中山《なかやま》さんがいるだけ。

工場も車が三台分しか入れない。全盛期は父と以前働いてくれていた男性と、休日を返上しながら働き、毎日が忙しかった。

しかし二年前、近所に大手整備工場ができてしまった。カー用品や中古車、ガソリン等の販売を主体とした〝兼業整備業者〟なのだが、そこにうちの以前からのお得意様を取られてしまっている。

このままではうちは潰れてしまう……。

工場は老朽化しているので、なんとかリニューアルをして、お客様を取り戻したいと父と兄は考えている。

それには資金が必要になり、現在あちこちの銀行に掛け合っていると兄から聞いている。

そしてさらなる問題があった。

長年勤めてくれていたパートの中山さんの息子さんが熊本《くまもと》に転勤になり、ついて行くことになったそうで、工場を辞めることになったのだ。

中山さんが辞めたあと、事務ができる者がいなくなる。募集を半年前からかけているが、応募者はまったく現れない。

母は五年前に心臓病で他界しており、現在同居している兄嫁の美咲《みさき》さんが家事をしてくれている。

兄夫婦には幼稚園に通う六歳と五歳の男の子、四歳の女の子の三人の子供がいて、彼女が事務をするには無理がある。

だから、私が会社を辞めて家業を手伝えばいいのか、ずっと迷っているのだ。

経営難なので、お給料は今と同じくらいもらうことは難しいだろう。ましてや、老朽化した工場を建て直し、銀行から借り入れたお金があるので、フルで働いてもパートくらいのお給料にしかならないかもしれない。

兄が結婚したとき私は大学生だったが、両親と兄夫妻が同居するにあたり四ＬＤＫの家は狭く、それをきっかけに私はひとり暮らしを始めた。

社会人になって二年目まで家賃の安い自宅近くのアパートに住んでいたが、生活に余裕もできて、現在は恵比寿《えびす》駅から徒歩十分ほどのワンルームマンションで暮らしている。

八畳の部屋に小さなキッチンで、大きなオーブンは置けず手の込んだ料理はできないが、バストイレが別なのが気に入っている。

目の前に置かれた、手長えびのトマトクリームソースのパスタを前に、思わずため息を漏《も》らしてしまうと、菜摘に顔を覗《のぞ》き込まれる。

「どうしたの？　考え事してた？」

「え？　う、ううん。さすがここのレストランはおいしいなって。じっくり味わっていたの」

菜摘は前の席のふたりと話をしていた。私も最初は会話に加わっていたが、ふと実家のことを考えてしまっていた。

彼女にも、まだこの悩みは打ち明けることができていない。

「本当に。ここを選ぶなんて風間さんはやっぱりお嬢様ね。なんでも去年の多国籍料理のレストランが彼女には不服だったみたいよ。ね、このあとどうする？　まだ二十一時す……ぎ……わっ！　高嶺専務よ」

個室の入り口付近で、ざわめきが起こった。

窓側に座る菜摘を見ていたので、彼女の声にハッとして振り返ると、クールな表情の高嶺専務が風間さんの前に立っていた。

彼は高身長なので彼女より頭ひとつ分高く、誰だかはっきりわかる。

第二秘書としては座っていてはだめだと、慌てて腰を上げたところで、高嶺専務と目と目が合い、驚くことに彼はこちらへ向かってきた。

もしかして、さっき提出した書類にミスがあった……？

心臓がドクンドクンと暴れ始めるが、用件を聞かねばと、席から離れて高嶺専務の方へ行こうとした。

だが、それほど広くない個室なので、一歩踏み出したところで、高嶺専務が目の前に立つ。

「高嶺専務、おつかれさまです。あの……」

「おつかれ。同期会は楽しんでいるか？」

先ほどまでのクールな表情から一転、口元を緩ませている高嶺専務の姿に思わず目を奪われる。

仕事のミスではない……？

よくよく考えたらミスがあったとしても、こんなところまで高嶺専務自身が来ないだろう。この場に現れるとしたら田沢秘書だ。

「はい。久しぶりに同期の皆さんとお話ができて楽しいです」

テーブルに着いている皆が私たちに注目している。正確には私ではなく高嶺専務にだけれど。

「これを渡しておくから、支払いを頼む」

高嶺専務はポケットから半分に折った封筒を出して差し出す。

「あ……、お気遣いいただき、ありがとうございます」

封筒を受け取ったところで、慌てた様子で風間さんが私の隣に立つ。

「高嶺専務、私が幹事ですから、私がお預かりします」

風間さんが私の手にある封筒へ手を伸ばそうとする。

「いや、君は気にしないでいい。彼女は俺の秘書だ。加々美さんに支払いをしてもらう。いいね？」

確認するように、風間さんから私に視線を向けられた。

「はい。ありがとうございます」

「では、失礼する」

ドアへ向かって足を運ぶ高嶺専務を風間さんは追って、入り口前で深々と頭を下げて見送っている。

「寿々、ポカンと突っ立ったままいないで、ほら座って。パスタが冷めちゃったわよ」

「あ、うん」

ジャケットのポケットに封筒を入れて、椅子《いす》に座る。

菜摘は私の方へ顔を向けてニヤニヤしている。

「なんでそんな顔をしてるの？」

「風間さんがすげなくされてスッキリしたからかな。それにしても、高嶺専務を入社四年目にして初めて間近で見ちゃったわ。本当にかっこいいのね」

「わざわざここまで来ていただいて申し訳なかったわ」

　残りのパスタを口に入れる。

　菜摘はすでに食べ終わっていて、スタッフが空いた皿を下げていく。

「でも、雲の上の人が現れるなんてびっくりしちゃったわ。このレストランなら会食で普段から使っているから、支払いは後日でも大丈夫なのは高嶺専務もご存じだと思うけど」

　たしかに菜摘の言葉に一理ある。だが、帰り際のついでだったのだろう。

「寿々は高嶺専務に信頼されているのね」

「私への信頼なんてまだまだだよ。田沢秘書には足元にも及ばないもの」

「毎日、あの素敵《すてき》な姿を近くで見られるだなんて、眼福ものよね」

　菜摘は「はぁ～」とため息を漏らす。

「私は秘書室で仕事をしているから、第二秘書とはいえ、そんなに高嶺専務に会うわけじゃないの」

入社して秘書室で一年間、先輩に学びながら雑務処理をして、二年目に高嶺専務の第二秘書になった。

そのときはとてもうれしく、第一秘書の田沢さんのように完璧な秘書になろうと思った。

でも、今は家業や家族のことが心配で、このままここで働き続けていいのか気持ちが揺れている。

下町の肝っ玉母さん的な、おおらかな母が生きていたら相談できたのに……。

ジェラートと三種類の小さめにカットされたケーキのデザートプレートが目の前に置かれ、皆は口々においしいと言って食べていた。

レストランで足が出た分の支払いを済ませる横で、不機嫌そうな風間さんがじっと私を見ている。

最後に領収書をもらったところで、彼女が不満げに口を開く。

「優心さんもどうかしているわ。私だって秘書室にいるんだし、お釣《つ》りや領収書だってお待たせしないで渡しに行けるのに」

え？　ゆ、優心さん？

風間さんは高嶺専務を下の名前で呼ぶほど親しいの……。

以前、どこからともなく、風間さんは高嶺専務の結婚相手だと噂で聞いたことがある。

「ま、優心さんは公私混同しないところが素敵なんだしね」

風間さんは先ほどの不機嫌そのものだった顔を、瞬時ににっこり微笑《ほほえ》ませた。

彼女と高嶺専務はお付き合いしているのかもしれない。

そこへ菜摘と、テーブルの前の席に座っていたふたりがやって来た。このあと、飲みに行く約束をしているのだ。

今日は金曜日で、まだ二十一時三十分を過ぎたばかり。

せっかく会えたんだし話し足りないからと、他にも数名に声をかけて別の店へ飲みに行く。

七人で近くの洋風居酒屋へ入り、飲み足りない人はビールや酎ハイを飲みつつ、世間を賑《にぎ》わせている話や休日の過ごし方など他愛もない会話をした。

私はウーロン茶にし、軽く頼んだおつまみを食べながら皆の会話に時々口を挟んで、楽しい時間を過ごした。

翌日の午後、甥っ子たちのお土産にフルーツたっぷりのホールケーキを購入して、電車で墨田区にある実家へ向かった。

最寄り駅から徒歩七分ほどの大きい道路から、一本入ったところにある実家に着いたのは十四時を回っていた。

工場では兄が黒い国産車の下にもぐって作業をしていた。

「寿々、来たのか」

ジャケットとスラックス姿の父が奥の自宅から出てきた。

今年六十歳になる父は百七十センチほどの身長で、痩《や》せ型だ。母が亡くなってから五キロほど痩せてしまったらしい。仕事の悩みもあるのだろう。

「お父さん、ただいま。どこか出かけるの？」

「ああ。自治会の会合にな」

父は自治会の副会長で、工場以外にも忙しく動いている。

私と父の会話でクリーパー《寝板》に寝そべっていた兄が車の下から顔を覗かせ、父は出かけて行った。

「お帰り、寿々。ちょうど良かった。お前に話があるんだ。あと三十分くらいで終わるから」

「美咲さんと子供たちはいるんでしょ？」

いつも賑やかな声が聞こえるのだが、今日は静かだ。

「いや、美咲の実家に遊びに行ってるんだ」

「そっか。じゃあ、中で待ってる」

今日は子供たち三人に癒やされるかなと楽しみにしていたのだが残念だ。

特に一番下の四歳の恵奈《えな》ちゃんは、いつもニコニコしていて『すずちゃん、だいすき』と言って抱きついてくれる。

「ああ。お茶でも飲んでいろよ」

「あ、ケーキは冷蔵庫に入れておくね」

ホールケーキなので冷蔵庫に入るだろうか。でも、美咲さんは整理上手なので、いつも冷蔵庫の中は綺麗に整頓されていると思う。

「お！　サンキュ」

甘党の兄はうれしそうに破顔してから、クリーパーを滑らせて、再び車の下へ入って行く。

工場とは別に自宅の玄関はあるが、作業場の奥のドアを開けると四畳半の事務所があり、その奥から家のリビングダイニングに入ることもできる。

パンプスを脱いで引き戸からリビングダイニングに上がり、冷蔵庫を開けて手土産のケーキをしまう。

案の定、冷蔵庫内は美咲さんによって整頓されており、ケーキの入った箱は難なくしまうことができた。ありがたい。

リビングダイニングはキッチンが三畳ほどで、六人掛けのテーブルと三人掛けのソファにテレビ、窓の方に子供たちが遊ぶスペースがある。

お茶を入れてテーブルに腰を下ろして待っていると、三十分もかからずに兄がタオルで手を拭《ふ》きながら入ってきた。

兄の尊は、父よりは身長が高く体を鍛えるのが趣味で、全体的に筋肉質だ。

「俺にもお茶入れて」

「はい」

兄の湯飲みに急須でお茶を注ぎ、目の前に座った彼に手渡す。

「話って、工場のこと？」

「ああ」

兄はズズッと熱いお茶をすする。

「いちおう、銀行から金を借りる目処《めど》はついたんだ」

「それは良かったね」

うれしい知らせに、ホッと息を吐《つ》く。

「ああ。家と工場を新しく建て直している間は隅の方で仕事は続ける。建設中は近所のアパートに仮住まいだ。正式なリニューアルは夏になるんだが、やはり寿々に仕事を手伝ってほしいんだ」

まだ気持ちは固まっていなかったが、資金も借りられてリニューアルに向けて動き始めたのであれば、放ってはおけない。

「もちろん悩むよな？　今と同じ給料は出せないし、生活も一変すると思う。大手整備工場にまともに太刀打ちしてはかなわない。これからは丁寧な受け答えができて、感じが良い人材じゃないと客も離れていく一方になると思っている。寿々は秘書として受け答えは完璧だろう。全面的に事務を任せたいと父さんと話しているんだ」

「うん……。ずっと考えていたわ。でも慣れない仕事だから、全面的に任されるのは無理よ」

私の言葉に、兄はわかっているというようにうなずいた。

「俺は整備士になる勉強はしたが、事務作業は苦手だ。父さんも手伝ってくれる。どのくらいで軌道に乗るかわからないが、躊躇しているのなら、休職したあと戻ればいいんじゃないか？　以前言っていたよな？　会社は副業を許していると」

同じ部署に戻れるかわからないけれど、復職ができるのであれば、家族のために一時的に実家の仕事を手伝ってもいいかもしれない。

二、憧れの高嶺専務からの提案

月曜日の朝、重役フロアの一階下にある好きな飲み物が作れるオープンキッチンと、打ち合わせや仕事ができるように七組ほどのソファセットが用意されているスペースで、高嶺《たかみね》専務と田沢《たざわ》秘書のコーヒーを入れる。

それぞれ豆と濃さの好みが違う。

高嶺専務は酸味の少ない濃いブラックコーヒーを好み、田沢秘書はミルクだけを入れるカフェラテだ。

マシンがやってくれるので、私はスイッチを押すだけ。

これと同じ造りのスタイリッシュなスペースは二十五階にもあり、社員たちにも好評だと聞いている。

カフェのような蓋《ふた》つきのカップを、クラフト紙のカップホルダーにセットして、階段で専務の執務室へ向かう。

毎朝のことなのでノックはするが、返事は待たずにそのままドアを開けて執務室に入る。

執務室にはすでに高嶺専務が席に着き、プレジデントデスクの前に立つ田沢秘書がタブレットを見ながら打ち合わせをしている。

「おはようございます」

打ち合わせの邪魔にならないように言ってから、カップを置く。

「おはよう」

高嶺専務は会話を止めて、いつも挨拶《あいさつ》してくれる。もちろん田沢秘書も。彼のカップは部屋を出る際に、執務室の入り口近くにある田沢秘書のデスクに置く。

「高嶺専務、金曜日はお気遣いいただき、ありがとうございました」

一礼して空いている手でポケットから封筒を出す。

「領収書とお釣《つ》りが中に入っています。ご確認をお願いします」

「いや、いい。そこに置いておいてくれ」

「かしこまりました。失礼いた――」

「加々美《かがみ》さんも打ち合わせに入ってくれ」

初めてのことで、驚きを言葉に出さないようにして「はい」と答える。

田沢秘書が私に手を伸ばして、カップホルダーを引き取り、自分のデスクに置くと戻ってくる。

先ほど渡した封筒とは反対のジャケットのポケットから、メモ帳とペンを取り出し手にする。

「本日の電子デバイスフォーラムが有楽町《ゆうらくちょう》の会場で十四時からになります」

田沢秘書がタブレットを見ながら高嶺専務に確認をしている。

彼もそうだが、私は高嶺専務のスケジュールは一週間分、頭に入っている。

「そうだったな。加々美さん、今日は君が同行してくれ」

再度驚き、今回は隠せずに「わ、私がですか？」と思わず口にする。

「ああ。そうだ。他に仕事を頼まれているとか、何か不都合でもあるか？」

「いいえ。何もありません」

「では、同行を頼む」

「かしこまりました」

フォーラムは十六時までで、その後のスケジュールでは、社に戻った十七時から情報セキュリティー会議が一時間入っている。

今日も高嶺専務はゆっくりする間もなく、フル回転の一日だ。

私は初めての同行――しかもふたりきり――に、始終緊張感に襲われっぱなしだろう。

十三時を過ぎて、専務とエレベーターを待っていると、下からやって来たエレベーターの扉が開き、風間さんが降りてきた。

私は扉が閉まらないように、〝開〟のボタンを押す。

風間さんは高嶺専務の姿に満面の笑みを浮かべる。

「高嶺専務、金曜日はありがとうございました。執務室へお礼にお伺いしなければいけないのに、申し訳ありません。同期の皆さんも大変喜んでおりました」

彼女が高嶺専務の執務室へ来なかったのは、朝から届け物を頼まれて外出していたせいだろう。風間さんは、常務取締役の第二秘書なのだ。

「礼には及ばない」

高嶺専務は無表情でエレベーターに乗り込み、私も続いた。

風間さんがその場で頭を下げる。その姿を目にしながら扉が閉まり、エレベーターは一気に下降する。

高嶺専務の風間さんに対する素っ気ない態度は、私がいるからわざと……？

金曜日、彼女は親しげに〝優心《ゆうしん》さん〟と呼んだのだ。

そんなことを考えているうちに、エレベーターはロビー階に到着し、エントランスの車寄せに停まっている黒塗りの高級外国車へ向かう。

運転手が車の外で待っており、高嶺専務が後部座席に座るのを待ってからドアを閉めようとすると、「加々美さんも隣へ」と言われたのだ。

普段見送りに出て目にしてきたのは、田沢秘書は助手席だったこと。

隣……普通、秘書は助手席になるのでは……?

今まで同行したことがないので、何が正しいかわからない。

革が匂う高級外車に乗るのも初めてだ。

予期していなかったことでさらに緊張感に襲われ、心臓がドクンドクンと激しく鼓動するが、平常心を保つようにピンと背筋を伸ばして隣に座る。

運転手が席に着き、車が動き出す。

道路に出るところでハンドルを大きく切られたため、体が大きく揺れて高嶺専務の方へ倒れかける。

「きゃっ」

まずい！　と思ったとき、高嶺専務の手に支えられ、彼の膝の上に横になるのを免《まぬが》れる。

「大丈夫か？」

「申し訳ございません！」

平謝りの私に高嶺専務はふっと笑みを漏《も》らす。

「硬くなっているからだ。背中を座席に着けて」

「は、はい」

硬くなるのも仕方ないのでは……と、言い訳を心の中でしつつ、高嶺専務の手から離れて言われた通りにする。

「加々美さんは何事にも動じない完璧な秘書なのに、そんなふうに慌てる面もあるんだな」

「完璧な秘書だなんて、そんなことありません。まだまだ未熟で……。田沢秘書のようにはなれません」

そんなふうに思ってもらえていたなんて……リップサービスだろう。

でも、いつもは業務以外の会話をほとんどしないので、少しでも話ができてうれしいと感じてしまう。

会場に到着し高嶺専務の隣に腰を下ろす。席は意外と狭くて腕と腕が時々触れそうになる。

高嶺専務の愛用している爽やかなグリーンノート系の香りが鼻をくすぐるたびに、脈が速くなる。

だめだめ。仕事に集中しなきゃ。

電子デバイスフォーラムは私なんかが聞いてもほとんど理解できない内容だと思うが、あとで内容を聞かれても困らないようノートパソコンでまとめようと、カバンから取り出す。

「加々美さん、今日の内容はまとめる必要はないから、しまっていい」

「わかりました」

出したノートパソコンをカバンにしまった。

高嶺専務は私にそう言いつつも、フォーラムが始まると自分はパンフレットにペンを走らせていた。

《これにて第四十回電子デバイスフォーラムは終了となります》

アナウンスの声に出席者たちが椅子《いす》から立ち上がり、ざわざわと辺りが騒がしくなる。

高嶺専務はスーツのジャケットの袖を少しずらし、腕時計へ視線を走らせる。

「予定よりも三十分早かったな。加々美さん、コーヒーでも飲んでから帰ろう」

え……？

ポカンと見つめる私に高嶺専務は口元を緩ませる。

「喉が渇かないか」

「は、はい」

今日は驚かされてばかりだ。

座席を立ち、高嶺専務の後を追い人の流れに乗って会場を出る。

「お車を呼びます」

ポケットからスマートフォンを手にした。

「ホテルのエントランスに一時間後につけるよう伝えてくれ」

高嶺専務はここからほど近い五つ星ホテルの名前を口にする。

「かしこまりました」

運転手に電話を掛け終え、ポケットにスマートフォンを戻した。

建物から外に出て、ホテルへ向かい歩を進める。

今日はジャケットを羽織るだけでも十分暖かく、天気も良いから足取りも自然と軽くなる。

ホテルに着いてロビーラウンジに高嶺専務が姿を現しただけで、黒いスーツを着た壮年の男性が近づいてくる。

「高嶺様、ようこそいらしてくださいました」

「仕事の合間にお茶に来させていただきました」

ネームプレートには総支配人とある。

直々に総支配人が挨拶に来るなんて、高嶺専務はこのホテルの上得意客なのね。

総支配人自ら、私たちを静かなテーブルに案内し、うしろに控えていたスタッフにメニューを渡される。

「俺はコーヒーだけだが、加々美さんはケーキでも食べればいい。ここのケーキはおいしいと聞いている」

「いいえ、カフェオレだけで大丈夫です」

「俺に遠慮している？」

「そういうわけでは……」

「では、頼めばいい」

高嶺専務はスタッフを呼び、コーヒーとカフェオレをオーダーし、私にケーキを選ばせた。

そこまで言われて食べないのも意固地を通しているように思われそうで、ザッハトルテを頼んだ。

スタッフが立ち去りふたりだけになると、何を話していいのか困惑する。

共通の話題は仕事のことしかない。

ふと、休職の話を思い出す。

早ければ八月いっぱいで休職をしなければならない。

「高嶺専務、お尋ねしたいことがあるのですが、よろしいでしょうか……？」

「ああ。かまわないよ」

「例えば、休職させていただいたとして、また同じ部署に戻ることは可能でしょうか？　秘書室にと言う意味です」

今まで通りのポジションに戻してほしいわけではなく、秘書室に勤務できるかどうかだ。

彼はあっけに取られた顔になる。

「休職？　それは加々美さん自身の話？」

「はい。そうです」

コクッとうなずく。

「結婚が決まったのか？」

「いいえ。結婚ではないです」

そこへオーダーしたものが運ばれ、スタッフが丁寧にお辞儀をして立ち去る。

「何か事情がありそうだな。話してみてくれ」

促されて家の事情を話す。

「……なるほど。副業も業務に差し支えなければ許可している。だから、休職して家業を手伝っても問題はない。ただし、同じ部署に戻れるかは確約できない」

「そうですよね……。話を聞いていただき、ありがとうございます。仕事は辞めたくないんです。でも、家族が困っているのなら手伝いたいので」

「君は家族思いなんだな」

高嶺専務は口元を緩ませてから、コーヒーをひと口飲んだ。


四月一日。

高嶺専務と共に田沢秘書と私も出席した入社式は滞りなく終わった。

新入社員たちはこの先の未来に、明るい表情でやる気に満ちているように見受けられた。

秘書室には今回新人は入ってこなかった。去年入社した西田《にしだ》さんは後輩ができず、がっかりしている。

そんな彼女を数日後、一階のカフェレストランのランチに誘った。

西田さんは風間さんと同じように、良いところのお嬢様の雰囲気《ふんいき》を持つ美人だ。

身長は私とほぼ同じで、ブラウンの髪は胸の位置まであり、ハーフアップにしている。

イギリス人の母親を持つ彼女は英語が堪能なので、秘書室で重宝されている。もちろん秘書室に配属された社員はそれなりに英会話ができるのだが、やはり西田さんは私たちとは発音が違う。

私が休職した際、この西田さんが高嶺専務の第二秘書になるかもしれないと思っている。

「ん～このドリアおいしいです」

彼女は頼んだシーフードドリアを食べてにっこりする。

私はハンバーグをナイフとフォークを使って口に入れて咀嚼《そしゃく》する。

「あ、一昨日のことなんですが、高嶺専務と風間さんが弊社ビルのホテルフロアへ行くエレベーターを待っていたのを見たんです」

「おふたりが……」

「はい。あやしいですよね。加々美さんは何かご存じだったりしますか？」

「ううん。まったく」

口ではそう否定するも、やはり高嶺専務と風間さんはお付き合いしているのだと確信した。

「ま、おふたりが恋人同士でも私にはどうでもいいんです。私が好きなのは田沢さんなので」

ハンバーグランチについてきたミネストローネスープを口に入れた途端の彼女の発言に、思わず吹き出しそうになった。

「……え？　た、田沢秘書？」

田沢秘書の身長はまあまあ高いが、高嶺専務と比べるとイケメン度はかなり違う。眼鏡をかけていていつも硬い表情をしている。

「はいっ、素敵《すてき》じゃないですか。独身ですよね？　狙っちゃおうと思っていて」

人それぞれ好みがあるのだなと、実感する。

でも、西田さんが田沢秘書を好きなら、第二秘書にはふさわしくない。

わが社は社内恋愛を禁止してはいないけれど、近づきすぎるのも仕事に差し支えがありそうだ。

「加々美さん、もしかして田沢さんが好きだとか？」

「いいえ！　じゃなくて、仕事の先輩としては好きだけど、恋愛対象として見ていないから安心して」

私はこの年になるまで、異性とお付き合いしたことはない。

高校生のときの事故が原因で、右の太腿に二十センチほどの傷ができてしまった。それが気になり、いざというときに傷跡を見られたくなくて、恋に奥手になっているのだ。

「良かった～　加々美さんの方が田沢さんと接する機会が多いので、どうしようと思っていたんです」

西田さんはホッとしたように笑った。

二十時過ぎ、マンションに帰り、料理レシピの動画を見ながら夕食の支度をしていると、スマートフォンが着信を知らせた。

兄からだ。

通話をタップしてスピーカーにする。

「もしもし？」

《俺だ》

いつもよりもトーンの低い声に首を傾《かし》げる。

「うん。もう引っ越したのよね？」

三月の末日までに近所のアパートに引っ越しをして、四月から工場《こうば》と自宅を取り壊し、仕事は隣にあるプレハブの車庫で作業していると聞いている。

《ああ、引っ越して取り壊し工事が始まっているんだが、ほぼ終わりかけたところで……》

「どうしたの？」

いつもの兄のはきはきした話し方ではなく、歯切れが悪い。

《実は、融資が受けられなくなったんだ》

「ええっ!?　どうしてそんなことに？」

《銀行の担当者の口約束を信用したんだ。突然電話があり審査が通らなかったと。建設会社には頭金の一千万を払っていたし、急いでいたこともあって動いてもらったんだが》

「融資が通らないとまずいのよね……？　他の銀行は？」
《ああ。当然だ。父さんと俺で担当者に掛け合っているが、らちが明かない。他の銀行も相談しているが難しそうだ》
「今さら、ひどい話だわ」
取り壊してこれからだというのに、融資が受けられなければ工事が頓挫してしまう。どうしたらいいの……。
《それでな？　一流企業に勤めているお前なら、社内融資を受けられるんじゃないかと言われたんだ》
「私が？」
そんなこと考えもしなかったので、驚きだ。
《そうらしい。会社を休職してうちを手伝ってほしかったが、金を借りられないことには何も進まない。勝手言って本当に申し訳ないが頼めないだろうか？　父さんと話し合った結論なんだ》
お金を借りられないことには……本当にそうなのだ。父と兄は切実に思っているだろう。
せめて取り壊し前だったらなんとか老朽化したところを少しずつ直し、建て直すことなんて考えなかったのに。

《ひどい話なんだが、融資をストップさせたのは、近くにできたあの会社のようなんだ》

「そんな……」

《本当に振り回して申し訳ない。考えてくれないだろうか。できれば四千万の融資を受けたいが……不甲斐《ふがい》ない兄ですまない》

兄に謝られてしまうと胸が痛い。

「……うん。会社に確認してみるわ」

《ありがとう。すまない》

兄はもう一度謝ってから通話を切った。

悩む必要はない。家族のためなのだから、一生TAKAMINEエレクトロニクスで働いても社内融資をしてもらわなければ。

それにしてもあの会社がうちを敵対視しているなんて、にわかに信じられない。

たしかに父は最高の整備士だし、兄も整備士の専門学校を卒業し、父の下で学んで最もレベルが高い一級整備士の資格を取得している。

けれど、大手の整備工場とは比較にならないくらい、規模が小さいうちの工場を邪魔するなんて……なにかの間違いだろう。

翌日、昼休みにわが社の規定が事細かに書かれているPDFを熟読し、申請書をコピーした。

入社五年目では、兄の希望する融資金額は受けられないようだ。

でも申請してみないと。

書類に記入し、上司である秘書室長に提出した。

秘書室長は四十代の女性で、三十代のときに一度結婚しているが、その後離婚。お子さんはおらず、バリバリ働いているキャリアウーマンだ。

申請理由に、「大変ね」と同情してくれ、すぐに書類を回すと言ってくれた。

社内融資が受けられなかったら、うちはどうなってしまうのだろう……。

現在、自宅と工場の取り壊しは終わり、すでに更地になっている。

兄は優秀な整備士なのだから、他の会社へ転職した方が今より良いお給料がもらえるのではないかと思う。

父は年金をもらう年まであと五年。まだまだ働けるだろうし、残りの貯蓄で生活ができるだろう。

勝手にそんなことを考えてしまうが、一番いいのはあそこにもう一度整備工場を建てて、家族が力を合わせてもり立てていくことだろう。

あの工場は、父と母が若いときに苦労して開業した大事な店で、それを引き継いでいきたいと兄は考えている。

融資が受けられるかどうか、連絡が来るかと待っていたが、二日経っても連絡はなかった。

たしかにそんなに早く審査が通るわけはない。

今日は金曜日で、本日中に連絡がなければ土日を挟んでしまう。落ち着かない週末になるだろう。

でも、気持ちばかり焦っても仕方がないと割り切り、いつも通りに仕事をこなしていった。

その日の夕方、明後日の重役会議に使う資料を用意していると、田沢秘書から内線が掛かる。

「加々美です。おつかれさまです」

《おつかれさまです。高嶺専務がお呼びです》

「わかりました。すぐに行きます」

受話器を置いて当惑する。

高嶺専務が私に用……？　もしかしたら社内融資の件が高嶺専務に……？

だとしたら、私に連絡するのは当然のことと思う。

デスクの上の資料をファイルにまとめて引き出しにしまうと、椅子から立ち上がった。

社内融資が断られる話だったらどうしよう……。

不安に駆られ、ドキドキ心臓を暴れさせながら執務室のドアをノックすると、田沢秘書が中から開けた。

「おつかれさまです」

「どうぞ」

田沢秘書は私を中へ促し、執務室を出て行く。

高嶺専務は中央の黒革のソファセットの、ひとり掛けのソファに座っていた。彼のもとへ歩を進め、一礼する。

「加々美さん、座って」

「失礼いたします」

彼の斜め横の三人掛けのソファに腰を下ろし、きちんと足を揃《そろ》えて、高嶺専務へ顔を向ける。

「社内融資の件だが」

やっぱり高嶺専務のもとに……。

「融資を受けた場合、休職できなくなるが？」

「その件なのですが」

現在の状況を説明する。

話し終えたあと、高嶺専務はソファの背に体を預け吐息《といき》をつく。

「ひどい銀行と行員だな」

「父と兄も急《せ》いていたので、こちらも悪いんです」

「だが、それほどまでに家族に尽くすのか？　都合のいいように君を利用していないか？」

他人から見たらそう思うのも無理はない。

「……それでも、家族なので。父と母が始めた工場をせっかく兄が継いでくれるのに、失くしたくないんです」

「君の家族を思う気持ちはわかった。だが、社内融資の金額は、まだ勤続年数が少な

いため、残念なことに希望額には届かない……か。そうなると、この先がどうしたらいいのかわからない

「希望額には届かない」

わ……。

父と兄に告げることを思うと、心臓が嫌な音を立てて苦しくなる。

「加々美さん、俺から提案がある」

高嶺専務はアームの部分に肘を置き、両手の長い指を体の前で組んで私を見遣《みや》る。

「て……提案ですか……？」

「ああ。聞く、聞かないは、君に任せる」

いつもと違う不敵な笑みを浮かべる高嶺専務に首を傾げる。

前置きに不穏な感じを受けるが、窮地《きゅうち》に陥《おちい》っている今、迷っている暇はない。

「……お聞きします」

「わかった。加々美さん、俺と契約結婚しないか？」

「え……？」

高嶺専務の言葉に目を見開いてあぜんとなる。

「驚くのも無理はないな」

「わ、私と契約結婚……？　意味がわかりません。高嶺専務にはお付き合いしている

方がいらっしゃるのでは？」

「付き合っている？　俺の方こそ、意味がわからないが？　そんな噂《うわさ》があるのか？」

「はい……秘書室の風間さんとお付き合いしていると思っていました」

秘書室に配属されてから、時々見かける高嶺専務に惹《ひ》かれ、第二秘書の辞令が下りて天にも昇るような気持ちになった。

しかし、高嶺専務に恋をしても無駄というもの。

恋に奥手になった太腿の傷以前に、彼と私では身分も容姿も……何もかも釣り合わない。

だから気持ちを押し殺して、彼の完璧な秘書になればいいと仕事を頑張っていた。

そして、ちらほら風間さんの話を耳にして、やはり高嶺専務のような御曹司は、セレブリティなお嬢様の彼女がふさわしいのだと思っていたところだ。

それなのに、高嶺専務と私が契約結婚……？

「風間さんか。まさに彼女が俺の悩みの種なんだ」

「え？　悩みの種？」

「彼女は父の友人の孫で、俺の見合い相手だ。三十五になる息子がいつまでも結婚して家庭をもたないことに父が業を煮やして、俺の妻にしようとしているんだ」

高嶺専務は口元を歪《ゆが》めて、あきれたように首を左右に振る。

「そうだったんですね。風間さんなら家柄も釣り合いますね」

「だが、俺は彼女を妻として見られない」

風間さんは高嶺専務を〝夫〟として見ていると思う。

「同期ならわかるだろう？　彼女の性格を」

「……美人だと思いますが」

「結婚するなら容姿よりも性格を重視する。君もそうじゃないか？」

「契約結婚なら、私と結婚している間に好きな女性を見つけるということですね？　しばらく放っておいてほしい。そうですよね？　高嶺専務のお父様が業を煮やしているのは跡継ぎ問題もあるのではないでしょうか？」

高嶺家であれば、今後のために子孫を希望するだろう。

「やはり加々美さんは冷静に分析する。そんな君だから提案している」

「だ、誰でもわかることです」

高嶺専務が麗《うるわ》しく口元を緩めたので、顔に熱が集まってくる。

「二年間君のことは見てきている。真面目でよく気のつく女性で、さらに奥ゆかしさがある。君の弱みにつけこむ形になるが、俺と契約結婚をすれば君が希望している融資金額を渡そう。返さないでいいし、その金額よりも倍以上の金額で契約したい。一億でどうだろうか？　期間は二年だ」

一億円と言われ、目を丸くする。

「そんな高額を二年のためにくださると？」

「君の戸籍を汚すことになるし、契約結婚だとバレないように二年間は夫婦として俺の家で共に生活してほしい。仕事を続けたければかまわない。夫婦になれば俺の第二秘書からは外れるが、君の能力なら秘書室に残れるだろう」

一緒に生活……。

高嶺専務と暮らしているところがふっと脳裏をよぎり、ドキッと心臓が跳ねる。

私は高嶺専務に惹かれているのに、彼と暮らして二年後に離婚なんてできるのだろうか。

ただ、提示された金額があれば家族を助けることもできるし、二年間の契約を終わらせたあと、仕事を続けるにしても辞めるにしても、生活するのに困らない。

胸は苦しいが、魅力的な提案だ。

今の切羽詰まった状況で高嶺専務は救いの神。

「……それなら、迷う必要はないですね。よろしくお願いします」

決心した顔は自分でもわかるほどにこわばっているが、高嶺専務に頭を下げた。

「妥結だな。よろしく。さっそく友人の弁護士に契約書を作ってもらう。それで合意すれば両家に挨拶し、すぐに入籍しよう。それから、この件は田沢君だけには知らせている」

田沢秘書は高嶺専務の一番近いポジションにいて、突然第二秘書の私と結婚するなんて、一番疑念を覚えるであろうから当然だと思う。

重大なことを知るくらい、田沢秘書は高嶺専務から信頼されているのだ。

「契約書は一週間以内にできるはずだ。実家には社内融資が通ったと伝えるといい。結婚相手が出すとなると、勘ぐるかもしれない」

高嶺専務の言葉に同意しかない。

昔気質《かたぎ》の父は私の結婚相手がお金を融通すると知ったら、断るだろう。

「わかりました。それでは失礼いたします」

立ち上がりお辞儀をして、地に足のついた感じがないまま執務室をあとにした。

私が高嶺専務と二年間夫婦になる。

体の関係について何も言われなかったが、私は契約上の妻になるだけだから、まかり間違ってもないだろう。

秘書室に戻っても、どこか他人事《ひとごと》のような冷静な自分がいた。

今は考えるのをやめて、明日の会議の資料作りに集中しなければ。

そう自分を叱咤《しった》して作業を始めた。


週末、社内融資の審査が通っていれば実家へ赴《おもむ》き、融資が受けられると報告したかったが、手に入るお金は事実違うのでうまく話せるか自信がなかった。

様子がおかしいと思われないために、兄に電話を掛けることにした。

昨日すぐに連絡をしなかったのは、高嶺専務とのことを考えてしまっていたからだ。

二年間だけの契約じゃなかったら、どんなにうれしかっただろう。でも、高嶺専務がうちを助けてくれるのはありがたいし、感謝しかない。

この話自体夢のようで、契約が締結しなければ本当に私が彼の妻になるのかわからないが、高嶺専務は実家に社内融資が通ったと伝えるといいと言ってくれたので、心を決めた。

心臓を暴れさせながら、兄の連絡先をスマートフォンで呼び出しタップする。

私からの電話を待っていたかのように、呼び出し音が二回ほどで兄が出た。

《寿々、どうだった？》

「うん。社内融資の審査通ったわ」

《本当か!? 寿々、ありがとう! しっかり返していくから心配しないでくれ》

兄の飛び上がらんばかりの様子が目に浮かぶ。

「わかってる。これで心配事もなくなったから、全力で頑張ってね。詳しくはまた連絡する」

《ああ。もちろん。感謝している》

通話を切って、ホッと胸を撫《な》でおろす。

嘘《うそ》だとは微塵《みじん》も思っていなかったみたいだ。素直に喜んでくれていた。

もう後戻りできない。

私は高嶺専務と契約結婚をする。

三、運命共同体

翌週の金曜日の夜、高嶺《たかみね》専務から食事に誘われている。

高嶺専務との初めてのデート……デートじゃないか。

でも、ふたりだけで食事をするなんてこれまでなかったので、昨日の退勤時に誘われてからずっと気分が落ち着かなかった。

持っている服はどれもかっちりしたスーツばかりで、少しおしゃれ要素が入った同期会に参加したときのツーピースを選んだ。

十九時に会社を出る段取りで十五分前にデスクの上を片付けていると、秘書室に高嶺専務が現れた。

滅多に入室してこない高嶺専務に、何人か残っている秘書が驚いている。

席を立とうとする秘書室長を彼は軽く手で制し、私のところへやって来ようとするが、途中で風間《かざま》さんが「高嶺専務！」と笑顔で近づいた。

「どうしたんですか？」

「加々美《かがみ》さんを迎えに」

「え？　加々美さんを……？」

思いがけない言葉に風間さんは茫然《ぼうぜん》となり、うしろの席にいる私へゆっくり顔を向けた。

高嶺専務が私の名前をはっきり口にしたのは、私と付き合っていると印象付けたいのだと思う。

突然結婚をすると言えば、風間さんが不審がるのを考えてのことだろう。

「加々美さん、もう大丈夫か？」

甘さを含んだ魅力的な声に、ここはしっかり演技しなければいけないところだと気合いを入れる。

「はい。わざわざお迎えに来てくれたんですね。うれしいです」

そう言ってにっこり笑うが、自分では引きつってしまったように思える。

「では行こうか」

風間さんは私たちのやり取りにポカンと口を開けたままで、二の句が継げない様子だ。

でも、彼女だけでなくここにいる室長を含めた秘書たちが驚いているだろう。

「はい。お先に失礼いたします」

高嶺専務に返事をしてから室長に頭を下げ、誰にともなく挨拶《あいさつ》をして彼の隣に並ぶ。

そこで彼はごく自然に私のバッグを持つ。

その行動に、心臓がドクンと高鳴ったが平常心を装って秘書室をあとにした。

口を開いたのは、エレベーターに乗って地下駐車場へ行き、彼の車の助手席に座ってからだ。

高嶺専務が個人で所有する高級外国車に乗るのは初めてだが、ダークグリーンの一見ブラックにも見える艶やかでスタイリッシュなセダンだ。

「びっくりしました」

「先に言っておけば良かったが、ちゃんと演技してくれていたな」

「高嶺専務の意図はそこなのだろうなと思って……でも、風間さんがショックを受けていた様子が気になります」

「先週君と話をしたあと、結婚を考えている女性がいるからと父に伝えてある。風間家にも知らせてもらっているはずだから、彼女も俺との見合いはないとわかっていたはずだ」

高嶺専務はエンジンを掛けると、アクセルを踏んで静かに車を動かした。

「今日は俺たちの間に恋愛感情があると匂わせるだけで十分だ」

自社ビルの地下駐車場を出て、車は六本木《ろっぽんぎ》方面へ向かっている。

彼は着々と契約結婚の段取りを進めているのだ。先ほどびっくりした分、今は冷静になっている。

それでもハンドルを握る男らしい節のある指や、不安を感じさせない運転には見惚《みと》れてしまう。

車は六本木の外資系五つ星ホテルのエントランスに止まった。

「ここのフレンチを予約してある。総支配人は父とも知り合いなんだ。付き合っているように見せかけるから、手や体に触れる。いいか？」

「はい、かまいません」

そういうことなら、結婚相手に見せないとならない。

男性から手を握られたり、体に触れられたりするのは経験がないからドキドキものだが。

ロックが解除されると、外側からドアマンがドアを開けてくれ車外に出る。

運転席から回ってこちらへ歩を進めた高嶺専務は、私の手を握ってロビーへ向かう。エレベーターに乗り込み、四十階に到着して降りたホール近くにフレンチレストランがあるのが目に入る。

ここでも高嶺専務はレストランのマネージャーに歓迎され、私たちは窓辺のテーブルへと案内された。

煌《きら》びやかな夜景の中に、ひときわ目立つ東京《とうきょう》のシンボルタワーが目にも楽しい。見慣れている景色のはずなのに、このシチュエーションで目に映る景観はいつもと違って、とてもロマンティックだ。

高嶺専務はソムリエに車だからとお酒を断り、ノンアルコールのスパークリングワインをオーダーすると、すぐに運ばれてきてフルートグラスに注がれる。

ソムリエが去り、彼はグラスを手にする。

「俺たちの契約に」

私もグラスの柄を持ち、軽く掲げて小さく乾杯の動作をした。

今まで重役たちと秘書の会食は何度かあったが、そういうときは仕事ということもあってか緊張しかなかった。

だけど今はふたりきりなので、テーブルに着くと同時に何を話せばいいのか当惑して内心はパニック寸前だ。

　そんな私に、高嶺専務は口元を緩ませる。

「いいか？　俺と君は結婚を約束している恋人同士だ。もっと気を楽に。これからお互いの両親に会うんだから、恋人に見えないなんてことがないようにしなければならない」

「はい。そう思います……すみません。男性とふたりで食事をするのは初めてで、どうしていいのかわからないんです」

「このシチュエーションが初めて？」

　高嶺専務は一瞬あっけに取られた表情になる。仕事中はそんな顔を見たことがないので親しみが湧く。

「そんなに驚かないでください……大学が女子大だったので、男性と会う機会がなかったんです」

「いや、驚くだろう。うちは独身の男が多いから、出会いもあるのではないかと思ったんだ」

「出会いがあったら、高嶺専務の話に乗りません」

「それもそうだな」

自虐的な笑みを浮かべる高嶺専務が素敵《すてき》すぎて、心臓が早鐘を打つ。彼から視線を外すため、フルートグラスを手にして口へ運ぶ。

どんな表情をしても素敵だなんて。はぁ~私の心臓がどうにかなってしまいそう。

でもこれは本当の恋愛じゃないのだ。

そこへ海老《えび》と帆立のテリーヌが運ばれ、目の前に置かれる。見た目も綺麗でひと口食べると、あまりのおいしさに思わず頬が緩む。

高嶺専務はスマートな所作で、育ちの良さが伺える上品な食べ方だ。

白アスパラガスのスープや、黒トリュフと真鯛《まだい》のパイ包み、スズキのポワレ、和牛のステーキ、デザートが続き贅沢《ぜいたく》な食事の時間だった。

今はレモン風味のミルフィーユに、アイスが添えられているデザートを食べている。

食事中、高嶺専務はさまざまな話題を提供してくれ、緊張しながらも話は尽きない。

この楽しい時間ももう少しで終わりを迎え、家に帰るのだと思うと、寂しい気持ちに駆られる。

契約結婚の話を持ちかけられるまで、高嶺専務と結ばれたいだとか、そんな高望みをする気持ちはまったく思っていなかったのに。

「明日、うちで契約をしたいんだが、都合はどうかな?」

「大丈夫です。書類ができたのですね」

コーヒーを飲んでいる高嶺専務は、カップを置いてからうなずく。

「ああ。十四時まで用事があるから、終わったら家へ迎えに行く」

「それならば、お迎えに来られなくても平気です。たしかお住まいは麻布《あざぶ》でしたよね？遠くないですし、地図アプリを使えば大丈夫です」

秘書として、住所などのパーソナルデータは持っている。

「ああ。麻布だ。では、すまないが、そうしてもらおうか」

私たちは十五時の約束をして、レストランを出た。

エントランスで車に乗り込みシートベルトをするが、彼が運転席に座ったところで口を開く。

「近くの駅で降ろしてもらえますか？」

「これから用事でもあるのか？」

高嶺専務は軽くアクセルを踏んで、エントランスから公道へ車を動かす。

「いいえ。用事はありませんが、ここからだと遠回りになります」

「それほど離れていないし、ちゃんと送り届ける主義だ」

「それなら……では、すみません。よろしくお願いします」

六本木はまだ多くの人が行き交っている。

時刻は二十二時になろうとしているが、今日は金曜日なので明日を心配することなく遅くまで楽しむのだろう。

翌日、いつもよりもゆっくり起きて、部屋着のままキッチンへ行き、鍋に牛乳と紅茶のティーバッグを入れてミルクティーを作る。

時計を見ると十時を回っている。

高嶺専務との約束は十五時なので、十四時十五分頃に家を出れば余裕だろう。

ミルクティーでひと息ついてから、平日にできない掃除や近くのスーパーで食材を買って帰宅し、簡単に焼きそばを作って食事をしてから出かける支度を始めた。

スマートフォンの地図アプリに入れた高嶺専務の家の前に着いたのは、約束の五分前だ。

「ここで……間違っていないわよね……？」

白くペイントされた門の向こうの洋館は、想像していたよりもかなりの豪邸だが、高嶺専務はひとり暮らしだと聞いているので、その大きい外観に驚きを隠せない。

昨日乗せてもらった彼の愛車が左手のガレージに停まっているので、ここで間違いはないだろう。

もしかしたら家族と住んでいるのかもしれないと考えながら、門扉前のインターホンを押そうと手を伸ばしたとき、数メートル先にある玄関のドアが開いて高嶺専務が姿を現した。

ライトブルーの春セーターとジーンズを穿《は》いた私服姿は初めて見る。

スーツ姿はもちろん彼の鍛えられた体躯によく似合っているが、私服も広い肩と長い脚が際立っている。

こちらに歩を進めてくる高嶺専務に頭を下げる。

「こ、こんにちは。昨日はごちそうさまでした」

「すぐわかったか？」

門扉を開けて「どうぞ」と招き入れられる。

「はい。想像していたよりも豪邸なので、本当にここがご自宅なのか、躊躇《ちゅうちょ》していたところでした」

「たしかに独身には広いな。亡くなった祖父母から譲り受けた家なんだ。三年前に祖父が病気で亡くなり、後を追うように一カ月後に祖母も」

「そうだったんですね……」

立て続けにおじい様とおばあ様を亡くされて、とてもつらかったでしょうね。

そんなことを思いながら白いドアの玄関を入ると、二畳くらいある大理石の広い土間だった。

私の実家は工場《こうば》のくっついた築三十年の日本家屋で、こんな洋館に憧れていたときもあった。

「素敵ですね」

二階へ続く階段が左手にある。

「一階の家具はそのまま使っているが、リフォームをしている」

案内されたのは、入るときに見えた丸みを帯びたガラス張りの窓が庭に突き出ている部屋だった。

「ここはサンルームと呼んでいる」

大きな観葉植物が部屋のあちらこちらに配置よく置かれ、ヨーロピアン調のソファセットがある。

ワンフロアが見渡せて、五十畳はあるかと思われるほどの広さだ。

そこにアイランドキッチン、ダイニングテーブル、リビングにはもう一組のソファセットが置かれていて、映画のセットのように洗練された部屋だった。

「飲み物を入れてこよう。コーヒーと紅茶くらいしかないが」

「私が入れます」

「お客さんだから座っていてくれと言いたいところだが、ここに住むことになるから案内するよ」

アイランドキッチンは最新設備を備えたアンティーク調で、部屋の雰囲気《ふんいき》を損なわないように考えられている。

「ここでお料理してもいいのでしょうか……？」

「もちろん。したいときにどうぞ。料理は得意なのか？」

「得意というほどではないのですが、こんなに素敵なキッチンで料理をしたくないという女性は少ないのではないかなと思います」

今のワンルームのキッチンでは、ビルトインの大きなオーブンレンジなどなく、たいしたものは作ってこなかったが、これなら手の込んだ料理も作ってみたいと思わせてくれる。

コーヒーメーカーは会社にあるものと同じ仕様で、こちらの方が小さめだ。

「このマシンなら使えます。私が入れますね」

「加々美さんの好みはカフェオレだったよな？」

そう言って、冷蔵庫から牛乳を出した。

昨晩、デザートのときに話したのを覚えてくれていたようで、こんな何気ないことでもうれしさは否《いな》めない。

「カップはここに。祖母がアンティークを集めるのが趣味で、リビングのガラスチェストに客用のが使えきれないほどあるんだ」

マシンの上の棚を開けてふたつのマグカップを出す。

「お客様は頻繁にいらっしゃるんですか？」

「いや、祖父母は賑《にぎ》やかなのが好きだったからよく親戚や友人を招いていたが、ふたりが亡くなってからは、ここに入ったのは弁護士の友人と君だけだ」

恋人を連れてきたことがないのね。そういえば私に契約結婚を持ちかける以前に、どうして恋人に頼まなかったのだろうか。

「お聞きしてもいいですか？」

「何かな？」

「契約結婚をしてくださる恋人は、いらっしゃらなかったのでしょうか？」

すると、高嶺専務は拳《こぶし》を口にやり、おかしそうにクッと喉の奥で笑う。

「そういう女性がいたら、契約はせずに結婚する」

「あ……そうでした。変な質問をすみません」

「いや、面白かった」

それぞれの飲み物が出来上がり、サンルームへ戻った。

窓を背に三人掛けのアンティークソファと、斜めに位置する両端にはひとり掛けのソファがある。

高嶺専務は私に三人掛けのソファに座らせ、自分はひとり掛けに腰を下ろした。

猫足の楕円形のテーブルの上に、弁護士事務所のロゴが入っている黒の紙ファイルがある。

さっそく高嶺専務はファイルを手にして開き、私の前へ読みやすいように置いた。

「これが書類だ。先日も話した通り、期間は二年間。前金で四千万。離婚までに残り六千万を一年ごとに三千万渡す。それでいいか？」

書類に記載されているが、私としては四千万だけでもありがたいのだ。

「高嶺専務、これではいただきすぎかと」

「言っただろう？　戸籍を汚してしまうんだ。二年後、君はうちを辞めているかもしれない。俺の人生に関わった妻には何不自由なく離婚後も生活してほしい」

誠実な性格なのだろう。

それにしても報酬が高額すぎて戸惑うが、今は合意しておくことにする。

「……はい。ありがとうございます」

「それから、仕事以外では優心《ゆうしん》と名前で頼む。君のことは寿々《すず》と呼ぶ。では、読み終えて同意ができたらサインをしてくれ」

書類は同じものが二枚あり、それぞれ一枚を保管しておく。

読み終えてサインを互いにして、契約は成立した。

それから、それぞれの両親に挨拶《あいさつ》をする段取りや、結婚式は行わないが、それでは何か突っ込まれそうなので、生活がある程度落ち着いたら式場を探す予定にしていることなどを取り決める。

両家の挨拶は五月のゴールデンウィークが終わってからにし、その後区役所に婚姻届を提出し結婚することになった。

打ち合わせが終わったあと、ディナーを一緒にすることになり、時々食べに行くという近所にあるビストロへ連れて行ってくれた。

住宅街の中にある隠れ家的なお店で、この地区には意外とそういうこぢんまりしたレストランが多いらしい。

おいしいイタリアンをいただき、今日も自宅まで送ってもらった。

ワンルームマンションの前に車が停められる。降りなくていいと言ったのに、私が車外へ出ると高嶺専務がこちらに来る。

海外留学もしていたので、エスコートが自然と身についているのだろう。今まで高嶺専務以外の男性に送ってもらったことはないので、わからないが。

「ありがとうございました。今日もごちそうになってしまって、すみません」

「その都度礼はいらない。これから夫婦になるんだから。じゃあ、おやすみ」

「はい。おやすみなさい。お気をつけてお帰りください」

小さく笑みを浮かべて頭を下げ、高嶺専務が運転席へ乗り込むのを見守った。

夫婦……か。やっぱりまだ実感が湧かないかも。


翌日、結婚の報告や工事の状況がどうなっているか確認したいのもあって、実家へ向かった。

父と兄一家は自宅から徒歩五分ほどのところにあるアパートを二部屋借りている。

日曜日だが、父と兄は自宅の庭で整備の作業中だった。

自宅と工場のあった土地は現在更地になっている。

四月下旬ともなると汗ばむ日もあって、特に力作業をしている父と兄は暑そうだ。ちょうどコンビニで買ってきたアイスコーヒーを差し入れる。

「ああ、寿々。来てくれたのか。ありがとう」

キャンプ用の簡易的なテーブルと四脚の椅子《いす》が近くに設置してあって、父は額の汗を拭《ふ》きながら座った。

「寿々も座りなさい」

「うん」

父の対面に腰を下ろし、自分用のアイスカフェラテを飲む。

これから話さなければならないことに緊張している。

「社内融資の件、本当に助かった。寿々、ありがとう。迷惑をかけてしまったが、必ず返済していくからな」

父はうれしそうに笑って、その顔を見て心から融資を願い出て良かったと思う。

「常連さんをまた呼び戻さなくちゃね」

良心的で誠実に仕事をする父と兄だから、きっとこの先の経営はうまくいくと思っている。

「お金は私の方で建設会社に振り込んでおくわ。帰りに書類を預かりたいんだけど」

「ああ。よろしく頼む」

そこへ兄も休憩にやって来た。同じく社内融資の件を感謝される。

「あのね、ふたりに話があって、今日は来たんだ」

「話？　なんだ？」

兄はそう言ってから、ストローを使わずに蓋《ふた》を開けアイスコーヒーを半分ほど一気に飲んでいる。

「実は一年以上前からお付き合いしている人がいるの」

「え？　そうだったのか？」

兄は驚き、父は特に表情を変えない。

「まあ寿々も二十六だ。それで、私たちに話をしたということは、気持ちが固まったのか？」

父は理解を示してくれる。

「うん。結婚式はおいおい決めるとして、先に入籍をして一緒に暮らそうってことになって」

「そうか、そうか」

何度もうなずく父とは反対に、兄は「どんな男なんだよ」と憂慮する顔だ。

「会社の——」

「同僚か？　有望じゃないか」

想像をたくましくした兄が、先走って笑顔を浮かべる。

「同僚じゃなくて……上司で、高嶺優心さんという方よ」

「高嶺？　ＴＡＫＡＭＩＮＥエレクトロニクスに関係があるのか？」

父が尋ね、兄はまだ喉が渇くのか、残りのアイスコーヒーを勢いよく飲んでいる。

「社長の息子さんで、専務取締役なの」

「ぶっ！」

驚愕《きょうがく》した兄は、飲んでいたアイスコーヒーを勢いよく口から飛ばした。

「もうっ、コントみたいに飛ばさないで」

慌ててバッグからティッシュを出して、兄に渡す。

「お前が驚かせるからだろう」

兄は口の周りを拭いてから、コーヒーが飛んだテーブルをティッシュで綺麗《きれい》にしている。

「寿々、そんな男性と付き合っていたのか」

父を見ると眉間に皺を寄せ、心配そうな表情を浮かべている。

「そんな男性って、とても素敵な人よ。誠実だし。ゴールデンウィークが終わったら挨拶をしたいと言ってくれていて」

「……うちとはかなり生活水準が違うんじゃないか？　格差があると、お前が大変になる」

「たしかにそう思うけど……愛があれば乗り越えられるわ」

父を安心させるために〝愛〟を口にしたが、完全に心配を払拭《ふっしょく》することはできないだろう。

逆に兄は「経済力のある男と結婚するのはいい」と言ってくれる。

「親父、寿々の結婚相手が俺みたいな奴だったら、金銭面で苦労する。寿々なら相手の実家との付き合いもうまくやるはずさ」

思いがけない兄の援護だ。

「そりゃ、そうだな。美咲《みさき》さんは苦労している。色々と懸念はあるが、お前の人生だ。寿々なら大丈夫だろう。寿々、結婚おめでとう。父さんもうれしいよ」

「お父さん、お兄ちゃん、ありがとう。心配はいらないからね」

ふたりに嘘《うそ》をついてしまったことが、うしろめたい。

二年後の離婚のときには、ふたりは大騒ぎしそうだ。

だけどこれも家業の存続のため。
とりあえず結婚を了承してもらい、ホッと胸を撫《な》でおろした。

四、結婚した翌日に思わぬ事故

週が明けた月曜日。

先週の金曜日の終業後、高嶺《たかみね》専務が私を迎えに来たことで、秘書室のみんなを驚かせてしまったので室内に入りづらい。

風間《かざま》さんからもなにか言われそうだ。

覚悟して入室し、すでに出社している同僚たちに「おはようございます」と挨拶《あいさつ》をすると、普段と同じような雰囲気《ふんいき》でホッとする。

まだ風間さんは出社していないようだが。

デスクに着き、今週の高嶺専務のスケジュールを確認してから、コーヒーを入れに席を立った。

コーヒーとカフェラテをいつものように用意して、専務執務室へ持っていき、ドアをノックして入室する。

「おはようございます」

高嶺専務のデスクの前で田沢《たざわ》秘書が打ち合わせをしている。

「加々美《かがみ》さん、おはよう」

「専務、おはようございます」

デスクにコーヒーを置こうとすると、高嶺専務の手が伸びてきて、そのままカップを受け取ってくれる。そしてコーヒーをひと口飲んでから口を開いた。

「出社したばかりですまないが、これから社長が会いたいと言っている」

「こ、これから……」

心構えができていなかったため、心臓が飛び出そうになる。

「ああ。君のことを紹介するだけだ。すぐに済む」

高嶺専務はすっくと席を立ち、私が持っているドリンクホルダーを引き取り田沢秘書に渡す。

「行くぞ」

「……はい」

社長にご挨拶しないまま、廊下でばったり会っても気まずい思いになるはずなので、腹をくくって高嶺専務の後をついて行く。

執務室を出て廊下の突き当たりにある社長室へ向かう。

高嶺専務がドアをノックすると、数秒後、ドアが開き社長秘書の樋口《ひぐち》さんという男性が姿を現す。

「専務、おはようございます」

樋口さんは中肉中背の五十代前半、いつもニコニコしているような穏やかな人だ。社内で行き合うたびに「良いお天気ですね」や「風邪に気をつけてください」など、優しい言葉をかけてくれる。

「樋口さん、おはようございます」

高嶺専務が声をかけ、隣にいる私は会釈をする。

「どうぞお入りください。まさかおふたりが結婚とは、びっくりしましたよ。お似合いのカップルですね」

親戚のおじさんのごとく喜んでくれているみたいで、その笑顔に少し落ち着く。

社長室へ入るのは初めてで、専務執務室とほぼ同じ造りだ。

ソファセットはブラウンで統一されている。

プレジデントデスクに座っていた社長が立ち上がり「朝からすまないね。時間は取らせない。まあ、掛けなさい」と言いながら、ソファを勧められる。

「寿々、座ろう」

手を差し出されてギョッとなったが、これも演技だ。

高嶺専務の手に軽く触れるとしっかり握られ、ひとり掛けのソファに座った社長に近い方に腰を下ろした。

着席すると高嶺専務の手は離された。でも、手を握られたことによって勇気づけられたのか、おどおどした気持ちはなくなった。

「父さん、加々美寿々さんです」

「加々美寿々と申します」

いったん立ち上がりお辞儀をすると、社長は満面の笑みを浮かべる。

「寿々さん、顔は覚えているよ。よく気がつき、いつもにこやかでと、樋口君からも聞いている。優心が恋人の存在を隠していたわけがわかる。育む愛を邪魔されたくなかったのだろうと」

ロマンティックなことを口にする社長は、どうやら私たちの結婚に反対ではないみたいだ。

ずっと緊張していて顔もこわばっていたが、ホッと愁眉を開く。

「色々と周りから言われたくなかったんですよ。寿々が逃げてしまいそうでね」

「優心が気持ちを固めてくれて、こんなにうれしいことはない。寿々さん、優心のことをよろしく頼みますよ」

「社長、こちらこそふつつか者ですが、どうぞよろしくお願いします」

座ったままで深く頭を下げる。

優心さんの視線を感じ彼の方へ顔を向けると、慈しむような表情で穏やかな笑みを浮かべていた。

演技派なのね。

いかにも私を愛しているように見える。

「結婚後もまだうちで働いてくれると聞いている。会社では社長でかまわないが、プライベートではぜひお義父《とう》さんと呼んでほしい」

「わかりました。そうさせていただきます」

ここへ来るまでは不安で仕方なかったが、社長の親しみやすい雰囲気を知ることができて良かった。

「では、顔合わせも終わったことですし、仕事もありますので失礼します。寿々、行こう」

高嶺専務が立ち上がり、手を差し出されて私も腰を上げた。

「それでは失礼いたします。お時間をありがとうございました」

「こちらこそ、朝から悪かったね。今度は家内に会ってくれ」

「はい、ぜひご挨拶させてください」

挨拶をしてドアへ歩を進めた先に樋口さんがいて、ニコニコして見送ってくれた。

社長室にいたのは十分もなく、専務室に戻る廊下で高嶺専務は「今日の十時から会議に出席するように」と言って執務室に入って行った。


その週の水曜日の夜、菜摘《なつみ》と夕食の約束があり、去年の同期会で使用した、同じビル内にある多国籍料理を出すレストランで待ち合わせをした。

私の方が先に到着し、四人掛けのテーブルで待っていると菜摘がやって来た。

「寿々、お待たせ」

「それほど待っていないわ。おつかれさま」

「おつかれさま。あーおなか空いた～！　もうっ、色々突っ込みたい話もあるけど、先にオーダーしちゃいましょう」

色々突っ込みたい話……？　もしかして、高嶺専務のこと？

今日、菜摘に話すつもりで来たが、先にどこからか情報を仕入れたのかも。

「何食べようか」

ふたりでメニューを覗《のぞ》き込み、一緒に料理を選んでいく。

焼き鳥に似たインドネシア料理のサテーや、タイ料理の海老《えび》トースト、ベトナム料理の生春巻きなど、先におつまみになるものをオーダーする。

お酒は得意ではないが、菜摘に合わせてビールに決めた。

オーダーを済ませると、彼女がテーブルに身を乗り出す。

「やっぱり高嶺専務と隠れて付き合っていたのね？」

「それ、どこで……？」

「社内中の噂《うわさ》になっているわよ。同期会に専務が現れたとき、あやしいなって思ったのよ」

噂の出元は秘書室だろう。でも、高嶺専務は付き合っている信憑《しんぴょう》性を高めるために、彼はあんな行動をしたのだから、噂になって当然だ。

「いつから付き合っていたの？」

「え……っと、一年ほど前から。今日菜摘に話そうと思っていたの」

「一年も前から！　まあ、高嶺専務の第二秘書だから、付き合いを隠そうと思えば簡単よね。でも、もう隠さないってことは……？」

「うん。結婚をするの」

私の言葉に菜摘は大きな目をさらに大きく見開いた。

「本当に？　うわ、すごいわ。寿々、おめでとう！　乾杯しなくちゃ」

菜摘がそう言ったところへ、チューリップグラスに入ったビールが運ばれてきた。

「寿々、おめでとう。乾杯！」

菜摘はグラスを掲げて、にっこり笑い祝福してくれる。

彼女を騙しているのはつらいが、この結婚は家のためでもある。二年後のことは今は考えずに、幸せな花嫁になる雰囲気を出さなければ。

「ありがとう。菜摘」

彼女のグラスに自分のグラスをコツンと重ねて、ビールを口にする。

「はぁ〜、寿々が結婚かぁ。同期で一番早いわね。仕事は続けるの？」

「当面は続けるわ」

料理が運ばれてきて、テーブルの上に並べられる。

「次期社長夫人なのに？」

「だって、何もしなかったら暇を持て余しちゃうもの」

社内融資を受けられると実家に言った手前、整備工場の事務は手伝えないし、離婚するまで仕事は辞められない。

「そうよね。おいしそうよ。食べましょう」

菜摘はピーナッツソースがかかったサテーを一本手にして食べる。

私は海老の入った春巻きを皿に取り、チリソースをつけて口に入れた。

「おいしい！」

「サテーもおいしいわよ。食べてみて。ねえ、風間さんは大丈夫？」

彼女は私にサテーを勧めてビールを飲む。

「それが月曜日から病欠なの」

「あら……病欠かどうかわからないわよね。高嶺専務は風間さんと噂があったし、彼女自身も関係を匂わせていたし。秘書対決に寿々が勝ったって今は言われているのよ」

「そんなふうに……風間さんの耳に入らなければいいのだけど……」

彼女は高嶺専務を好きだったから、ショックを受けているだろう。

それなのに高嶺専務は、彼女との結婚を回避するために私に契約結婚を持ちかけたと言うのだから、少し気の毒に思う。

「で、結婚はいつなの？」

「結婚式はおいおい挙げる予定で、とりあえず入籍だけ先に。おそらく五月中になると思う」

「急なのね。先に入籍するって、もしかして……やだ、ビールなんて飲んじゃだめなんじゃ」

「え？　どうして飲んじゃだめなの？」

菜摘の言っていることがわからなくて、首を傾《かし》げる。

「だって、妊娠しているんじゃないの？　だから籍だけでも早くすると思ったんだけど」

「あ……、ううん。妊娠はしていないわ」

「そうなんだ。じゃあ、高嶺専務がもう離れたくないって感じなのかな。きゃーっ、想像しちゃう」

ビールのせいもあってか、すでに真っ赤な顔になって菜摘ははしゃいでいる。

否定したいところだが、それでは計画がバレてしまうので、心苦しいながらも笑みを浮かべた。

「素敵《すてき》でセレブな旦那様、羨《うらや》ましすぎる」

「そうよね。自分の幸運がまだ信じられないわ」

「寿々はかわいいもの。高嶺専務が好きになるのもうなずけるわ。あー、もう一杯飲んじゃおう」

明日も仕事があるので、一杯だけと思っていたようだが、彼女は店員を呼びビールの追加を頼んだ。

ゴールデンウィーク前の水曜日から高嶺専務はアメリカ出張が入っており、帰国は五月三日になる。

出張は田沢秘書が同行する。

わが社は十日間の大型連休となっており、その間、引っ越し準備や、実家の様子を見に行く。

建設会社には、高嶺専務が用意したお金を振り込み済みだ。

もうあとには戻れない。

アメリカ出張の前日、高嶺専務に夕食に誘われた。

同じビルにあるホテル内の寿司店だ。

外資系の五つ星ホテルの中に出店しているだけあり、寿司店は銀座《ぎんざ》にある老舗《しにせ》の一見《いちげん》さんお断りの店だ。

ホテルの方は予約で食事ができるが、宿泊客に人気で空いていないことも多いらしい。しかし、高嶺家であればすぐに席を融通してくれる。

以前、予約を頼まれたときに、会社名と名前を言うと席を用意してくれたことがあった。

終業後、高嶺専務とお店へ入る。入り口で待ち構えていた黒いスーツを着た支配人に個室に案内される。

「本日は希少価値の高い日本酒がございますが、いかがいたしましょう」

支配人に尋ねられ、高嶺専務は残念そうに「車なので、お茶を頼みます」と言う。

「では、次回はぜひ」

「ええ。楽しみにしています」

高嶺専務は極上の寿司を頼み、支配人が部屋を出て行く。

「お酒はお強いのでしょうか？　あ、すみません。知っておいた方がいいかと」

夜の会食のときも高嶺専務は運転があるからと言って、アルコールは断っている。

「謝る必要はない。もちろん夫婦になるのだから、なんでも聞いてくれ。そうだな。まあ強いと言えるだろう」

「そうなんですね。私はあまり強くないんですが、父は強いですね。でも、兄は一杯が限度で、飲むとすぐ眠っちゃうんです。めちゃくちゃ甘党なんですよ」

「俺は酒も甘いのも好きだ。君も好きだよな？　アメリカで何か買ってこよう」

「ありがとうございます」

高嶺専務はふっと笑みを漏《も》らす。

「帰国したら、挨拶に伺うからもう少し、そうだな……愛し合っているように見せかけなければ疑いを招くぞ」

「そ、そうですね。気をつけます。あの、その件で……今実家は建て直しのため、アパートで仮住まいなんです。父は外のレストランで会いたいと言っています」

「そうか。それでもかまわない」

「では、伝えておきます」

ドアがノックされ、新鮮で豪華なにぎり寿司が運ばれてきた。

口に入れると、とろけるネタだった。

「とてもおいしいです」

「気に入ったのなら、また来よう」

にぎり寿司を食べ進めながら、引っ越しや入籍の日程を決める。

会話は恋人同士というよりは、いつものように秘書と上司みたいな雰囲気だった。

高嶺専務の麻布《あざぶ》の家へ移るのは五月十八日の土曜日。

そのため、ゴールデンウィークは引っ越し準備で荷物を断捨離したり、段ボール箱に詰めたりし、実家の建築の様子を見に行ったり、兄一家と遊園地へ出かけ、甥っ子たちと一緒になってはしゃいだ。

大型連休なのに旅行へは行かなかったが、それなりに楽しい充実したゴールデンウイークだった。

五月六日、休暇の最終日に高嶺専務の実家へ挨拶に行くことになっている。

前日にデパートの地下で手土産を探した。

和菓子か洋菓子か……。

どちらもおいしそうで選べず、両方買っていくことにした。

そして翌日の十六時、高嶺専務が迎えに来て、麻布からも近い白金《しろかね》にある彼の実家へ向かった。

高嶺家の実家は想像していた通り豪邸で、ガレージに車は五台分、日本家屋は有名な建築家が設計した数寄屋造りだと教えてくれる。

ガレージに車を停めて高嶺専務が私を見遣《みや》る。

「俺の名前は？」

「ゆ、優心《ゆうしん》さんです」

彼の漆黒の瞳にじっと見つめられて、心臓がドクンと跳ねる。

「よし。顔がこわばっているぞ。そんなに緊張しなくても大丈夫だから。母も君を歓迎している」

「はい……」

「そうだ。左手を」

言われるままに彼の方へ手を差し出すと、薬指に美しく輝くエンゲージリングがはめられた。

ブリリアントカットの大きなダイヤモンドの周りにも、メレダイヤがぐるりと施された、かなり存在感のあるエンゲージリングだ。

見惚《みと》れそうなほどゴージャスで美しい。

「二年間だけの結婚なのに、高すぎる指輪では……？」

「これは周りを信じ込ませる小道具だ。安っぽい指輪では両親が納得しないだろう。離婚したら処分は任せる。それから、いつもの君でいいが、俺に笑顔を向けたり、時々手に触れたり、恋人らしい雰囲気を頼む」

「わかりました……頑張ります」

車から降りてガレージから家屋へ向かう。

庭園というにふさわしい庭には池があり、庭師が手入れしたような樹木や芝生などがハッとするほど美しく、さすが日本有数の企業の社長宅だ。

新緑の季節なので、樹木や草花は生き生きと芽吹き、バラも綺麗《きれい》に咲いている。

数寄屋造りは何回か見たことはあるが、土壁で木材を生かした凛《りん》とした建物で美しい。

少し先の玄関で社長と奥様が並び立つ姿が見える。

社長はシャツの上にダークグリーンのセーターとグレーのスラックス、奥様は抹茶色の着物を身に着けており、ふたりとも笑顔なのでホッと胸を撫《な》でおろす。

玄関に到着した私を見て微笑《ほほえ》みを浮かべていた奥様がさらににっこりして「よくいらしてくれたわ」と歓迎してくれる。

「はじめまして。加々美寿々と申します。今日はお招きありがとうございます。あの、お口に合うかわかりませんが……」

昨日購入した菓子折りの入ったショッパーバッグをふたつ手渡す。

「まあ、こんなに。ありがとう。気を使わないで良かったのに。さあ、どうぞお入りになって」

「寿々さん、入りなさい」

社長が先導して引き戸を開けて玄関へ歩を進める。

御影石の土間から上がったところにある四畳くらいの畳ばりの空間に、生け花や掛け軸があって、和の雰囲気が心地良く感じる。

高嶺専務の住まいの洋館とガラリと違う佇《たたず》まいで、専務とご両親は好みが違うのだろうか。

あ、でもあの洋館は祖父母から譲り受けたものだから、好みうんぬんではないのかもしれない。

リビングは和風モダンのインテリアで、癒《い》やされるような感覚になる。

「寿々さん、長年お手伝いしてくれている真紀《まき》さんを紹介するわ」

お手拭きをお盆の上に置いて運んできた割烹着《かっぽうぎ》を身に着けた女性の隣に立った奥様が彼女を紹介する。

「いつもおいしいお料理を作ってくれるのよ」

「寿々様、真紀と言います。よろしくお願いいたします」

六十代前半だろうか、優しそうな女性だ。

「寿々です。こちらこそよろしくお願いします」

「さあ、ソファに座りましょう」

社長と高嶺専務は先に席に着き、対面で話をしているが、近づくと「寿々」と隣に手招きされる。

笑みを浮かべ高嶺専務の隣に腰を下ろし、真紀さんからお手拭きを手渡される。

飲み物を四人に尋ね終えた彼女はリビングルームを出て行った。

「寿々さんはお顔もかわいいけど、お名前も素敵だわ。ね、あなた。そう思いません？」

「ああ、彼女は仕事もできるんだ。樋口君が褒《ほ》めていた。彼はほぼ社長室にいるが、よく周りを見ているんだよ」

社長の言葉に、私は両手を胸の前で振る。

「それはお世辞かと思います。秘書としてはまだまだで……」

「いや、第二秘書として十分にやってくれている。田沢秘書も褒めていたからね」

優しい笑みを浮かべた高嶺専務が麗《うるわ》しくて、演技だとわかっていてもドキドキ胸が高鳴ってくる。

社長と奥様がいらっしゃるのに……。

身を引き締めるように、背筋をピンとさせて、真紀さんが入れてくれたカフェラテをひと口飲んだ。

「お似合いのふたりだわ。これからが楽しみですね」

隣に座る夫に奥様はにっこりする。

その笑みを見て、私の胸がツキッと痛む。

偽りの結婚だというのに、純粋に私たちのことを喜んでくれていることに罪悪感を覚えてしまったのだ。

高嶺専務はどう思っているのだろうか。

「寿々、引っ越しの準備は進んでいるか？」

「はい。今部屋の中は段ボール箱に占領されています」

車の中で言われた通り、笑顔で答える。

「今回のゴールデンウィークは優心のアメリカ出張が入り、旅行も行けなかっただろう。寿々さんにはつまらない大型連休じゃなかったかな？」

「優心さんが不在で寂しかったですが、部屋の片付けができたので良かったと思います」

「たしかに。俺がそばにいたら片付けができない」

恋愛経験のない私はその意味が一瞬わからなかったが、奥様は楽しげに笑う。

「仲の良いこと。私たちにもそんな時期があったのを思い出したわ」

「今だって、私は君がそばにいるのが一番だが」

奥様の言葉に社長が惚気《のろけ》るのを聞いて、そういう意味だったのだと気づき、頬に熱が集まってくる。

「相変わらず父さんは母さんに甘いですね。寿々、俺たちも見習わなくては」

高嶺専務の手が私の手の甲に置かれる。

「は……はい」

「引っ越し準備も大詰めだろう。引っ越しまでに片付くのか？　仕事が終わったら手伝おうか？」

「い、いいえ。もうだいぶ終わっていますから」

「寿々さん、遠慮しないで重いものは優心に持ってもらいなさいね。いつ麻布に引っ越す予定なの？」

「俺は明日にでも来てもらいたいくらいですが、寿々から父親への挨拶を済ませてからじゃないと嫌だと言われたんです。だから来週の日曜日に」

引っ越しの日程は決まっていたが、そんな話はしていない。でも、調子を合わせなければ。

「さすがだわ。そうよね、お父様の気持ちを考えたら、それが一番良くてよ」

高嶺専務は私の株を上げたかったのだろうか。

にっこり笑顔で彼を見遣ると、形の良い口元を緩ませていた。

夕食は奥様と真紀さんの手料理を堪能した。

手の込んだ和食で、母を亡くしてから温かい家庭料理はずいぶん久しぶりだったので、味わいも格別だった。

明日は仕事ということもあり、二十一時前においとまして、高嶺専務の車に乗り込んだ。

高嶺専務の巧みな運転で車が走り出す。

だいぶ高嶺専務の隣にいるのに慣れたが、たくさんの人を騙してしまっている罪悪感にさいなまれて、ついぼんやりしてしまう。

「どうした？」

前を走るテールランプを見つめていたところへ声がかかりハッとした。

「あの、高嶺専務はうしろめたい気持ちになりませんか？」

「そうだな……多少はなる。だが、愛し合って結婚しても別れる夫婦だっているだろう？　それとほとんど変わらないんじゃないか？」

よくわからない……。

高嶺専務は愛し合って結婚したカップルだって、未来はわからないと言いたいのだろう。

ただ、私たちの場合ははっきりしているから、そんな思いに駆られるのだろう。

「とにかく、俺たちはウインウインの関係だ。来週末、君のお父さんへ挨拶し、引っ越しが終われば寿々の気持ちも落ち着くだろう」

本当にそうなのだろうか。

私たちは偽りの夫婦になるけれど、契約期間の二年間は、なにがなんでもこの関係を周囲にバレないようにしなくてはならない。

部屋に入り電気のスイッチを押すと、部屋がパッと明るくなる。

どっと疲れを覚えて荷物を持ったままベッドに座り込み、持っていたショッパーバッグを膝の上に置く。

車を降りる際に、アメリカの出張土産だと言って渡されたのだ。

中から箱を取り出すと、高級チョコレートで、リボンを外して蓋《ふた》を開けてみる。

艶《つや》やかなミルクチョコレートが並んでいた。

それをひとつ摘《つ》まんで口に入れる。

口の中で溶けていくチョコレートは、とても甘くて落ち着かない気持ちを和らげてくれるようだった。


その週は毎日会議があり、二回に一度は私も出席し議事録を作成し、空いている時間は会議資料を作るなど忙殺された。

そして土曜日。

築地《つきじ》の料亭で、高嶺専務と父を引き合わせた。

高嶺専務はお酒が好きな父と飲むために、ここまでタクシーで来た。

彼は挨拶を済ませると、料理を食べながら父と共に日本酒を飲み始める。

「寿々、想像していたよりも素晴らしい男性で驚いている。さすが、TAKAMINEエレクトロニクスの専務さんだ」

「私のことは優心と呼んでください」

「そうだった。優心君。寿々をよろしく頼みます。ところで、聞きたいことがあるんですよ」

にこやかだった父はふいに真面目な顔つきになり、対面に座る高嶺専務と隣の私を見る。

「社内融資の件なんだが」

父が何を言い出すのか、心臓がドクッと跳ねる。

まさか、何か感づいている……？

高嶺専務はポーカーフェイスで「ええ。どうしましたか？」と尋ねる。

「寿々は結婚が決まり、妊娠したら仕事を辞める、もしくは産休という形になるはずで、そんな社員に四千万の融資をしてくれるだろうかと疑問に思ったんですよ。もしかしたら、優心君が借りてくれたのではないかな？」

「お父さん、そんなこ――」

否定しようとするが、高嶺専務が私を遮《さえぎ》る。

「お義父《とう》さんの推測は当たっています。さすがです。ご想像通り、私が借りたんです」

「やはりそうだったのか……優心君、本当に申し訳ない」

父は高嶺専務に向かって深々と頭を下げる。

「お義父さん、頭を上げてください。愛している寿々さんのためですし、家族になるんですから、力になるのは当然です」

「騙す形になってしまってごめんなさい。お父さん」

「……いや、不甲斐《ふがい》ない私のせいだ。優心君、ありがとうございます」

「そんな他人行儀はやめてください。お義父さん、飲みましょう」

高嶺専務はとっくりを持って、父に差し出す。

「こんな素敵な旦那を持つ寿々は幸せ者だ。母さんも喜んでいることだろう」

お母さんはすべてお見通しだと思う……でも、家を救うためでもあるからわかってくれるよね?

破顔した父は彼からお酌されたお酒を一気に飲み干す。そして今度は父が高嶺専務のおちょこに熱燗を注いだ。

「寿々も少し飲まないか?」

高嶺専務に勧められ、日本酒は得意ではないけれど、せっかくなのでいただくことにする。

ひと口飲むと、喉から胃にかけてかぁっと熱い液体が通っていき、思わず顔を顰《しか》めると、父と彼が楽しそうに笑った。

翌日、引っ越し業者が麻布の高嶺専務の家に荷物を運び終えた。

これから二年間、この素晴らしい家で生活するのかと思うとワクワクする。

引っ越しは午前中で終わり、荷物を整理する前にランチを食べに外へ出て、その帰りに区役所で婚姻届を提出した。

受理され、晴れて私は二年間限定で高嶺寿々になった。

高嶺専務が私の夫だなんて夢のようだが、これは現実だ。

でも、戸籍上だけのこと。

ずっと片思いは続くのだ。いっそ、高嶺専務を嫌いになれたらいいのに。

食材の買い物をふたりでして、夕方帰宅した。

「今日からここが君の家だ。遠慮なくこの家で暮らしてほしい」

「はい。あ、昨日は社内融資の件、ありがとうございました」

「鋭《するど》いから驚いたよ。お義父さんの前では特に言動に気をつけよう」

「そうですね。そこまで考えているとは思ってもみませんでした。あ、買ってきた食材、冷蔵庫に入れちゃいますね」

「ああ」

キッチンに移動して、アイランドキッチンの作業台に購入した食材の入ったエコバッグを置き、食材を片付けていく。

ふたつの袋の中身をしまい終え、今夜の夕食の支度を始めた。

メニューは高嶺専務のリクエストで、サバの味噌煮とポテトサラダ、ほうれん草のおひたしにした。

ワンルームマンションのキッチンは狭かったし、ひとり分を作るのも逆にコストがかかるので、手の込んだ料理はしてこなかった。

スマートフォンでサバの味噌煮のレシピを確認してから作り始めた。

このキッチンには、高嶺専務のおばあ様が趣味で集めたというアンティークの食器がたくさんあり、どれも見事なものばかりなので、ひとつひとつ吟味してしまい選ぶのに時間がかかった。

お皿に見合う料理を作らなければと思う。

六人掛けのテーブルの端の対面にふたり分用意して、ご飯とお味噌汁を運び終えてから呼びに行こうとしたとき、高嶺専務が現れた。

手にはエンゲージリングと同じハイブランドの赤いケースを持っている。

「おいしそうだ」

「レシピを見ながらなのでおいしいかどうか……」

レシピ通りだからこそ、極端にまずくて食べられないということはなさそうだが。

いちおう味見もしている。

「結婚指輪をはめてくれ」

赤いケースを開けると、ふたつのマリッジリングがビロードに鎮座している。

高嶺専務は小さい方のリングを取り、私の左手のエンゲージリングに重ねるようにして上にはめる。

そして男性物のシンプルなプラチナのリングを高嶺専務自らはめた。

ふと、私がはめてあげたかった……と、思ってしまったが、これは高嶺専務にとって演技の小道具に過ぎないのだ。

「ありがとうございます。結婚指輪も美しくて素敵です」

ダイヤモンドがリングの全体に施されたもので、エンゲージリングと重なるとより美しく輝いている気がする。

「今、ご飯とお味噌汁を運んできます」

その場を離れキッチンの中へ入ると、炊飯器からお茶碗にご飯をよそい、豆腐とわかめの味噌汁をお椀に注ぎ、トレイの上に載せて運んだ。

「いただきます」

「はい。どうぞ……」

おいしくなかったらどうしようと思いながら、私もお箸を手に取るが、気になって目の前に座る彼の一挙手一投足を見守る。

高嶺専務はお味噌汁を飲んでから、サバの味噌煮を食べる。その様子をじっと見てしまっている私に、彼はふっとおかしそうに笑う。

「おいしいから安心して食べろよ」

「高嶺専務、本当に？」

「ああ。それから、会社以外では名前を呼んでくれないか？　家でそう呼ばれるとくつろげないし、ボロが出ても困る」

「はい。そうします……優心さん」

ふたりだけのときに彼の名前を口にするのは、ドキドキする。

「それでいい。寿々、食べながら聞いてくれ。仕事の件だが、俺の第二秘書から社長の第二秘書に異動になる」

「社長の第二秘書に？　身内が秘書になるのは……」

「特に社則はない。将来の社長夫人を常務や理事の秘書として扱うのは、不都合も出るかもしれないと考えたんだ。来月から異動するように」

そう私に伝えた優心さんはポテトサラダに手をつける。

「わかりました。それで、専、優心さんの第二秘書はどなたに?」

異動となると居心地のいい場所から離れる寂しさは否《いな》めない。

「まだ選考中だ」

「そうですか……。樋口さんをサポートできるように頑張ります」

「それと、普段は夕食は作らなくていい。特に平日は帰宅してからでは疲れているだろう。今まで通り外食か弁当を——」

どこかでスマートフォンの着信音が聞こえ、優心さんが立ち上がる。

サンルームのテーブルに置いていた彼のスマートフォンが鳴っている。優心さんはそれに近づくと、まだ鳴りやまないスマートフォンを手にして電話に出る。

誰かと話をしてから通話を切って戻ってくる。

「母さんだった。俺たちの食事を気にしての電話だった。以前ここで働いていた女性に週三日ほど、掃除や料理をしてもらってはと提案されたんだ。どうかな?」

「それでは申し訳ないです。妻なのに料理もできないなんてと思われているのでしょうか?」

「いや、仕事をしているから気になったんだろう。嫌ならうまく言って断る」

「嫌だなんてことはないです。でも頼りない嫁では、二年間妻として安心していただけない気がして」

「仕事を続けるから、気を回したんだ。頼りないと思われているわけではない」

「では慣れるまでということで、いいでしょうか？　もちろん帰宅してお料理ができているのはありがたいのですが、あまり頼りすぎても良くない気がして」

「わかった。そうしよう」

食事を終えてから、優心さんは実家へ電話を折り返した。

二階はコの字に四部屋あり、優心さんのベッドルームだけが使われていた。

彼の寝室の対面の部屋に私の荷物の段ボール箱が詰まれており、シングルのベッドが置かれている。

部屋の広さは十二畳くらいあるだろうか。百合の花が描かれたアンティークのクローゼットと、胸くらいまでの高さのチェストがある。

おばあ様は、とてもセンスの良い方だったのだろう。

バスルームは一階にあり、先ほど見てきたがゆったりと大きめのバスタブだった。

明日は仕事なので、取り急ぎ必要な服やパンプス、メイク道具などを荷物から取り出していると、部屋のドアをノックする音がした。

「はい」

ドアを開けた先に、ダークブルーのパジャマ姿の優心さんが立っていた。

濡《ぬ》れ羽色の髪は目にかかりそうで、爽《さわ》やかなシャボンの香りにドクンと心臓が跳ねる。

先にお風呂に入ってほしいと話したので、出てきたと教えてくれるためだろう。

「片付けはゆっくりするといい。寿々、手伝いを入れることで不都合を思い出したんだ」

「不都合が？」

「俺たちが別々に寝ているってことが知られる」

「あ……」

料理と掃除をしてくれるのなら、当然ここも……。

「鍵を掛けておけば」

すると、優心さんが首を左右に振る。

「隅々までこだわりを持った祖父母だから、ドアもすべてヨーロッパのアンティークから選び、鍵穴はあるが使えない。鍵が掛けられるのはトイレだけだ」

「そうだったんですね」

新婚なのに、寝室が別だとバレたら大変だ。

困ったわ……。

「では、お手伝いさんを断る……というのは？」

「すでに向こうから喜びの連絡をもらっている」

ガクッと肩を落とす。

「申し訳ないが、一緒に寝るしかないな」

「ええっ……」

優心さんの提案に目を見張る。

「ここまできてバレるわけにはいかない。すまないが俺のベッドで寝てほしい」

そう言って、その場から立ち去り対面の部屋へ入って行った。

そんな……。

優心さんと一緒のベッドだなんて。

緊張して眠れるわけない。

でも、契約を交わしたときの書類にも載っていたが、偽りの結婚だと周囲に知られない努力をしなければならない。

さっそく問題が出てきて、まさに周章狼狽《しゅうしょうろうばい》だ。

考えていても時間が経つだけ。とりあえずお風呂に入ってこよう。

バスタブにゆっくり浸かろうと思ったが、体が温まる前に出る。気持ちが落ち着かないせいだ。

髪を洗い、泡立てたスポンジで上半身から洗い、太腿にある引きつれた二十センチくらいの傷跡で手が止まる。

高校のとき、自転車で走っていたところへ、バイクに接触されて大怪我《けが》をしたのだ。

右脚太腿骨折した際にひどい傷を負い、八年経った今でも傷は目立ち、あまり注視したくない。

自分でも受け入れられないこの傷を、他人にましてや恋人に拒絶されたらと思うと……そのせいで、恋愛経験もないままこの年齢になってしまった。

同じベッドで寝たからって男女の関係になるわけじゃないし、高嶺……優心さんは私に関心があるわけじゃないもの。

白のトレーナーと紺色のパンツの部屋着を着て、洗面所でドライヤーを使い髪の毛を乾かしてから二階へ上がる。

いったん荷物が置いてある部屋へ入りスマートフォンを持って、優心さんの部屋へ向かう。

時刻は二十三時を回っていた。

彼の寝室に入ると思うと、心臓の音がうるさいくらいドキドキと打ち鳴らしている。

「ふぅ」

ベッドルームのドアの前で深呼吸をしてからノックをする。

「どうぞ」

静かな声が聞こえてきてドアを開ける。

「し、失礼します」

かなり広い部屋の中央に鎮座しているキングサイズのベッドに、優心さんは体を起こし、タブレットを手に持っていた。

ベッドの両側にフランスを代表する工芸家の作品であるライトが目に入る。アール・ヌーヴォーの美しいライトだ。

入ってすぐの左手の壁には大きな本棚があり、座り心地の良さそうなひとり掛けのソファと丸テーブルがある。

そこでおじい様が本を読んだり、お茶をしていたりしたのだろうかと想像する。

「何をしている？　ベッドに入れよ。シーツとカバーはさっき替えた」

「は、はい」

目に映るもので気を紛らわしていたが、促されてベッドに近づいた。

サイドテーブルにスマートフォンを置いて、シーツに体を滑らせる。

優心さんもタブレットをサイドテーブルに置く。

「ライトは消しても大丈夫か？」

「平気です」

真っ暗になった方がありがたい。

ずっと心臓が壊れそうなくらいドキドキしていて、早く眠ってしまいたい。

ライトが消され、室内は暗闇に包まれたが、目が慣れればうっすらと横で眠る彼の姿がわかるようになるだろう。

優心さんに背を向けて目を閉じた。

寝心地のいいベッドだが、優心さんを意識してしまい眠りはやって来ない。彼が眠ったかはわからない。

これから二年間、どんな生活になるのか想像ができない。

優心さんは海外出張も多いから、案外一緒にいる時間は少ないかもしれない。

そんなことを考えているうちに、いつの間にか眠りに引き込まれていた。

翌朝、スマートフォンの目覚ましの音にハッとなって、手を伸ばして音を止める。セットした時間は六時半だ。

反対側の優心さんが動く気配がして振り返ると、ベッドから降りるところだった。

「おはようございます。起こしてしまってすみません。まだ寝ていてください」

私もベッドから足を床につける。

「おはよう。いや、もうそろそろ起きようと思っていた」

「すぐに朝食を作ります」

「ここを出るのは八時だ。ゆっくりでいい。しっかり眠れたか？」

そういえば、緊張しながらもいつの間にか眠り、目覚ましが鳴るまで目を覚まさなかった。

ということはよく眠れたのだ。

「はい。ぐっすりだったみたいです。優心さんは？」

「いつもと同じだ」

返事がよくわからないが、いつもと同じであればと、安堵した。

二階にある洗面所を使い、顔を洗ってから荷物が置いてある部屋へ行き、白いブラウスとグレーのタイトスカートに着替え、階下へ行く。

昨日使った紺のエプロンをしてから、キッチンに立つ。

朝食はトーストとスクランブルエッグにサラダ、コーンスープを作る予定だ。

コーヒーメーカーから出来立ての香ばしい香りがしてくる。

料理ができてテーブルに運んでいるところへ、チャコールグレーのスーツを身に着けた優心さんが下りてきた。

腕に掛けていたジャケットはソファの背に置き、ダイニングテーブルに着く。

「朝食をありがとう。いただきます」

「いいえ。どうぞ」

トーストの焼けたオーブンの音がしてキッチンへ戻り、二枚を皿に載せてダイニングテーブルへ戻った。


秘書室へ入室し、出社していた室長が私を呼び止める。

「おはようございます」

「加々美さん、いいえ。もう高嶺さんね。ご結婚おめでとうございます」

「ご存じで……」

昨日、婚姻届を提出したばかりなので、室長が知っていることに驚く。

「ええ。たった今、今朝の社内報を見たのよ」

室長はパソコンを示す。

「そうだったんですね」

「社内の独身女性は嫉妬の嵐でしょうね。気にしないでと言っても気になるでしょうが」

「寿々さん、おめでとう」

話を聞きつけた秘書数人が近づいてきて祝福してくれた。

私が気になるのは風間さんで、最近は休むことも多く、意気消沈しているように見える。

まだ彼女は出社していないが、知ったらさらにショックを受けることだろう。

正式にお見合いを断っているとはいえ、同期の私が優心さんの結婚相手では、嫌な気持ちになるのは、彼女の立場になってみたら理解できる。

いつも通りにコーヒーをふたり分用意して執務室へ行く。優心さんと田沢秘書は打ち合わせをしている。

今日の予定は取引先とランチの会食が入っており、私ではなく田沢秘書が同行する。

執務室を出たところで、風間さんとばったり会う。

「結婚するなんて、うまくやったわね」

「うまくやったとかではなく、私たちは愛し合っているから」

「モテる旦那様を逐一監視していなくちゃね。浮気されるのがおちよ」

「彼は浮気しないわ」

「どうかしら？　綺麗な女性に誘惑されたら、理性だって崩壊するのよ。じゃあ」

風間さんはにっこり笑って、常務取締役の執務室の前へ歩を進め、ドアをノックした。

浮気の話以前に、私たちは契約結婚だ。

だから今の言葉も気にならないはずなのに、なぜか気分が沈んでくる。

そんなふうに思ってはいけないのに……。

秘書室に戻ると、菜摘《なつみ》から連絡があり、先日と同じレストランでランチの約束をした。

次々入る優心さんのアポイントメントを受け、相手の日程と彼の都合の良い日程を組む。

初めての顧客などは、田沢秘書を通して優心さんに確認をしてもらう。

田沢秘書から内線があり、「これから出かけます」と連絡を受け、席を立ち秘書室を出る。

エレベーターの前で待っていると、優心さんと田沢秘書がこちらに歩を進めてくるが、少し離れた彼らのうしろに社長と樋口さんの姿が見える。

「おつかれさまです」

優心さんに頭を下げたところへ、笑顔の社長が到着する。

「専務、寿々さん、結婚おめでとう」

「ありがとうございます」

優心さんがお礼を口にし、私も「ありがとうございます」と頭を下げる。

「昨日は家内が電話をして邪魔をしたんじゃないかな？」

社長が申し訳なさそうに私に尋ねる。

「いいえ、お気遣いがとてもうれしかったです」

「それは良かった。家内も気にしていたようだから。忙しいだろうが、近いうちに遊びに来なさい。専務はこれから会食か？」

「ええ。では、行ってきます。寿々、行ってくる」

ふいに優心さんの手が私の肩に置かれた。突然のことに驚くが、そばに社長がいるからだろう。

「はい。社長、専務、お気をつけて」

四人がエレベーターに乗り込み、ドアが閉まるまでお辞儀をして見送った。

菜摘との約束のレストランへ赴《おもむ》くと、彼女が笑みを浮かべてパタパタ手招きしている。

彼女の待つテーブルに足を運び、対面に腰を下ろす。

「も～結婚報告に腰を抜かすほどびっくりしちゃったわ。ともあれ、おめでとう！」

結婚すると話はしていたが、早かったのでことさら驚いたのだろう。

「菜摘、ありがとう」

「社内中が専務と寿々の結婚でもちきりよ」

「う～ん……反応が怖いわ」

秘書室長でさえも周りの反応は気にしないでと言っていた。

「まあ無視が一番よ。専務をわが社で狙っている女子社員が多かったから、陰口はどうやっても耳に入ってくると思う」

オーダーを済ませ、料理を待っている間も菜摘の好奇心は全開だ。

「で、どう？　新婚生活は」

「どうって、まだ昨日籍を入れたばかりだから……」

「だから特別なんじゃない？　専務はいつも笑顔を見せないって話だけど、やっぱり寿々の前では違うわよね？　甘々？」

たしかに本当のカップルであれば、お互いしか目に入らない。そんなところだろう。

「えっと……、まあ……そんなところ」

小さく笑みを浮かべる。

「適当なんだから。もう聞かないわ。十分幸せそうなのがわかるもの。あ、料理が来たわ」

両手に皿を持った店員が、オーダーしたそれぞれのパスタとサラダを運んできた。

菜摘とのランチを終え、秘書室で先ほど受けたアポイントメントの調整をしていると、内線が鳴った。

「はい。加々美です」

仕事では〝加々美〟と旧姓を使っている。

《田沢です》

「おつかれさまです」

《今から話すことは室長だけにして、加々美さんは病院へ来てください》

神妙な声の田沢さんに嫌な予感が頭をよぎる。

「どうかしたのですか？」

《私たちの車が追突され事故に遭いました。大丈夫です。命に別状はありませんから》

田沢さんが新宿《しんじゅく》区にある大学病院の名前を告げる。

ドクドクと心臓が暴れ始め、電話を持つ手が震えた。

田沢さんは大丈夫だと言うが、優心さんは大怪我をしたのではないだろうか。

とにかく告げられた病院へ行かなければ。

通話を切ると、室長のところへ行き、周りに聞こえないように専務の乗った車が事故に遭ったと告げると、秘書室を出てエレベーターでロビー階へ下り、タクシーに乗って教えられた大学病院へ向かった。

本当に優心さんは大丈夫なの？　軽傷だったらどんな状態かを言えるだろうし、あんな声色にならないはず。

でも、一緒に乗っていたであろう田沢さんは？　電話を掛けられたから軽傷なのだろう。

不安に駆られ、タクシーの後部座席で両手をギュッと握る。

十五分後、新宿区にある大学病院に到着し、急ぎ足でロビーに歩を進めると田沢さんが首に白の固定用装具をつけていて、私の姿に椅子《いす》から立ち上がった。

「田沢さん、首が……」

「後方から追突され、私と運転手はむち打ちの診断です」

「うしろから!? 専務は？」

通常、優心さんは後部座席に乗る。田沢秘書はいつも助手席だ。助手席の彼がむち打ちだとすると、後部座席にいた優心さんは？

「右肩脱臼にむち打ち、頭も窓に打ち付けられ今は検査中です。ひどい事故になりませんでしたが、専務が一番怪我を負うことに」

「すぐに検査結果は出るのでしょうか？」

「結果はすぐに出るはずです。ただ、入院になるかと」

「では、着替えや必要なものを揃《そろ》えてから、また来ます」

「よろしくお願いします。私は各所に連絡をします」

首に頸椎《けいつい》カラーをつけているので、見るからに痛々しい。

「それも私がタクシーの中でします。田沢さんも運転手さんも休んでいてください。

すぐに戻ります」

そう言って、受付ロビーを出てエントランスで客待ちをしていたタクシーに乗り込んだ。

シートベルトを装着しながら、麻布の家の住所を告げる。それからスマートフォンを取り出して、社長秘書の樋口さんに現在わかっていることを伝え、秘書室長にも話をした。

お義母様には社長から連絡をしてくれる。

ＭＲＩで何事もありませんように……。

自宅に到着して室内に入ると、キッチンに初老の女性がエプロンを着けて立っていた。

突然、私が現れたのでびっくりしている。

あ！　お手伝いさんだわ。

女性に近づき挨拶をする。

「驚かせてすみません。優心の妻の、寿々です。用があって戻ってきました」

「坂下《さかした》です。奥様、これからよろしくお願いします。食事の好みがあればおっしゃってください」

「ありがとうございます。今は急いでいるので、何かあったらメモに残して冷蔵庫に貼っておきます」

「わかりました」

坂下さんと話を終わらせて、二階へ上がる。

とても感じのいい女性で良かったと思いつつ、寝室に入る。

入院に必要なものをタクシーの中でリストアップしていたので、ウォークインクローゼットからパジャマや下着などを取り出し、棚に置いてあったボストンバッグを下ろして入れていく。

一階でタオルや洗面用具をテキパキと出して、テーブルの上に置いていく。

プラスチックのコップがいいのだろうが、見つからない。歯ブラシセットやコップはきっと病院の売店で買えるはず。

規模の大きい病院だから売店はあるだろう。

当座必要なものをボストンバッグに入れて、アプリでタクシーを呼ぶ。

無我夢中で用意したので喉の渇きを覚え、坂下さんがいるキッチンへ向かう。

「すみません。ちょっとお水をいただけますか」

「いえいえ、お水でよろしいのですか？」

「はい。これからまた出るので。あ、自分でやります」

ウォーターサーバーの冷たい水を飲み、ホッと息をついてから、坂下さんに「行ってきます」と挨拶をして、タクシーを待つために外に出た。

ほどなくやって来たタクシーに乗り込み、走り出したところで、田沢秘書からメッセージが届いた。

脳に異常は見当たらないとのことで、安堵する。

メッセージに書かれていた病室に向かうと、そこは特別室だった。

ドアを静かにノックしてそっと開ける。

ベッドの横に田沢秘書がおり、優心さんは体を起こして、背中をベッドに預けていた。首には頸椎カラーと、右肩脱臼のためのコルセットをつけていて痛々しい姿だ。

私が近づくと、持っていたボストンバッグに彼の目が向けられる。

「優心さん……」

私たちの関係を田沢秘書は知っているが「専務」よりも「優心さん」と、思わず名前で呼んでしまう。

すると、彼の目が鋭く射抜くように、私を見遣る。

「そのバッグをどこから？　それと、どうして俺の名前を？」

え……っと、驚いて目を見張る。

田沢秘書もギョッとした様子で、「専務、何も覚えていないのですか？」と尋ねたところへ、ドアが叩《たた》かれたあと社長と樋口さんが姿を見せた。

「優心、驚いたぞ。寿々さんから連絡があって、お前が事故に遭ったと樋口君から聞いたときには心臓が止まるかと思った」

「心配をかけてすみません。むち打ちと右肩脱臼ですみました。ＭＲＩでも異常は見られないと——」

「いえ、専務は寿々さんと結婚されたことを覚えていません」

田沢秘書の言葉に優心さんは驚きを隠せないようで、自由になる左手を口元にやりギュッと眉根を寄せて思案している様子だ。

「俺が……加々美さんと結婚……」

「お医者様を呼んできます」

契約結婚のボロが出ないうちに、その場を離れてナースセンターへ向かった。

医師がもう一度優心さんを検査している間、病室で不安に駆られている。

社長と樋口さんは会社へ一度戻った。奥様は今日から友人と旅行中で、社長が「心配はいらない」と電話で説明をしていた。

室内には私と田沢秘書だけで、落ち着かずに部屋の中をウロウロしていると、ひとり用のソファに座っていた彼に座ってくださいと言われて、窓際にある三人掛けのソファに腰を下ろした。

「田沢さん……専務の記憶はどうなるのでしょうか……」

「一時的なものであればいいのですが」

「専務にとっては、第二秘書がなぜ妻に？と、困惑していますよね」

思わずため息が漏《も》れる。

「ええ……。ですが、今は考えても仕方ありません。事実、あなたは専務の奥様なのですから、堂々としていてください。医者から社長に漏れたらまずい状況になりますから」

「……はい」

三十分ほどが経ち、車椅子に乗せられた優心さんが、看護師に押されて戻ってきた。

頭痛がするのか、左手を額の辺りに置いている。

ソファから立ち上がり、優心さんに近づく。

「おつかれさまでした」

看護師に支えられながら、優心さんは右肩に気をつけてベッドに横になる。

首にも頸椎カラーを装着しているので、動きづらそうで胸に痛みを覚える。

「ドクターからお話があるとのことです」

この場に残れば、優心さんの視線に耐えられないかもしれない。けれど、病状を聞くのは今後の仕事のこともあるので、田沢秘書の方がいいかもしれない。

「田沢さんが聞いてきてくれますか？　今後のこともありますし」

「わかりました」

田沢秘書は看護師と一緒に病室を出て行った。

彼も痛みがあるはずで、早く休ませてあげたいが、責任感の強い田沢秘書なので素直に休もうとはしないだろう。

でも、体が第一だ。ドクターから話を聞いたら帰宅してもらおう。

優心さんへ視線を向けると、彼は目を閉じていた。

体も痛いはずだし、疲れてているのだろう。

邪魔しないように、先ほどのソファに座った。

十分ほどで田沢秘書が戻ってきた。

優心さんは目を閉じたっきり動かないので、眠っているようだ。

「奥様」

田沢秘書からそんなふうに呼ばれ、「は、はい」と背筋を伸ばす。

「脳に異常はありません。記憶は徐々に戻るはずだと。ですが、失われた記憶は周りが教えずに、本人が思い出したり、考えたりするようにと言っていました。混乱や間違った記憶にならないようにと」

「あ、スマートフォンは？」

「壊れてしまいました」

スマートフォンが壊れたなら、写真を見ることができないので私たちの関係を疑問に思わないだろう。

優心さんのスマートフォンに私たちの写真はないから。

「本人が考えなくてはならないのですね……いつからの記憶がないのでしょうか……」

ため息が漏れる。

「加々美さんが秘書だとわかっているので、それほどの期間ではないかと」

「わかりました。ありがとうございます。田沢さんは今日はもうお帰りください。首も痛むはずです」

「そうですね。一度、社に戻り社長に現状を伝えてから帰宅します。専務は一週間ほど入院になりますので、明日のスケジュール調整をお願いします」

「かしこまりました」

ドアまで田沢秘書を見送り、ソファに戻る。

優心さんが眠っている間に、売店へ行って必要なものを買ってこよう。

バッグを持ち、物音を立てないように静かに病室を出た。

時刻は十七時を回っていて、ここへ来たときはロビーで待っている患者さんたちがたくさんいたのに、今は会計を待つ十名ほどになっている。

病棟の一階の奥にある売店で、プラスチックのコップや歯ブラシセット、ペットボトルの飲み物を適当に五本ほど購入して、病室へ戻った。

優心さんはまだ眠っていてホッと胸を撫《な》でおろす。

彼の目が覚めたら、何を言えばいいのだろう。

三十分ほどが経ち、優心さんのくぐもった声が聞こえ、急いでベッドに近づく。

彼は目を開けていて、痛みに顔を歪《ゆが》めている。

「痛いんですね」

「……ああ、体が鉛で打ち付けられているみたいに痛む」

「痛み止めが切れたのでしょう。もうすぐ夕食なので、そのあとにお薬が出るはずです」

「加々美さんは俺の妻だと言ったよな？」

ふいに尋ねられて、ドクンと心臓が跳ねる。

「はい」

「いつ結婚したんだ？」

結婚したことは話してしまっているので、日にちくらい言ってもいいだろう。

「実は昨日なんです」

「昨日？」

優心さんは思い出そうと瞼《まぶた》を閉じるが、眉間に皺《しわ》が寄ってつらそうだ。

「今は考えるのは良くないと思います」

思わず優心さんの左腕に手を置くと、ふいに彼は目を開け漆黒の瞳で見つめる。

「俺は恋に落ちたんだな」

こ、恋に落ちた……？

左腕に置いた私の手を、痛みのある不自由な右手で握る。

「う、動かしたら痛いですよ」

甘い雰囲気に戸惑いながら、手は引けずに握られるままでいる。

「結婚した翌日に事故とは、ツイていない。心配をかけたな」

「本当に驚きました。命が危ぶまれるような状況でなくて安堵しましたが、それでもひどい怪我で、当分は痛みでつらいでしょう。できる限りサポートしますから、なんでも言ってください」

そこへドアがノックされ、看護師が夕食の載ったトレイを運んできた。

内科系の病気ではないので、普通の定食のようなメニューだ。

看護師はベッドの足元のオーバーベッドテーブルの上にトレイを置いてから、ベッドのリモコンを使って優心さんの上体を起こした。

自動で動くとはいえ、痛いだろう。

彼の表情は変わらないが。

「食事が終わりましたら、こちらの薬を飲んでください。奥様、トレイは外のワゴンに置いていただけると助かります」

「わかりました。ありがとうございます」

看護師が病室を出て行く。

「食欲はありますか？」

「あまりないが、これを食べなければあとで腹を空かせても何も食べられなくなるから、ちゃんといただくよ」

「はい。それがいいです」

「寿々」

名前を呼ばれて、心臓が跳ねる。

「どうした？」

「え……っと、名前を呼ばれたので、記憶が？」

「いや、何も考えずに自然と出たんだ。愛している女性《ひと》の名前を呼び慣れていたんだな。さっきは頭がぼうっとしていて、加々美さんと呼んだが」

今の優心さんは恋愛感情があっての結婚だと思っている。

どうすればいいの……？

騙しているみたいで、彼がすべてを思い出したときが怖い。

「君のことを忘れてすまない」

真摯《しんし》に謝られてしまい戸惑う。

「い、いいえ。事故ですから仕方ないです」

「いつから記憶がないのか。俺たちのことがまるっきり思い出せない……」

「周りであれこれ話して、誤認識させてしまうのは良くないと言われていて……詳しいことは言えないんです。ごめんなさい」

「いいんだ。だが、本当に寿々との結婚を忘れるとは、ひどい男だな」

私たちのことを誤解させてしまっていていいのだろうか。

葛藤してしまう。

「……冷めてしまったらおいしくないかと。どうぞ召し上がってください」

味気ないプラスチックの食器の蓋《ふた》を外して、食事を促す。

「右手を動かすと痛いんだ。食べさせてくれないか？」

「食べさせて……、は、はい。何からがいいでしょうか？」

聞きなれない言葉に一瞬、フリーズしてしまったが、尋ねると、「味噌汁から」と言われて、ドキドキ心臓を暴れさせながら、お椀を形の良い唇へ近づけた。

男性に食事を食べさせるなんて初めてなので、緊張して手が震えてくる。なんとか震えがわからないように飲ませる。

「けっこう味が薄いな」

「いちおう病人ですから。でもご飯は重湯やお粥《かゆ》ではなくて良かったです」

「そうだな。寿々が適当に選んで食べさせてくれないか」

疲れと痛みで指示をするのが面倒なのだろう。

「はい」

優心さんの呑《の》み込みのタイミングを見計らって、食べさせた。

「寿々、ありがとう。ずっと立っていたから疲れただろう。ごちそうさま」

私のことを本当の妻だと思っているから、彼はとても優しくて魅力的だ。

以前の関係に戻らないと、ますます惹《ひ》かれてしまい、困ったことになりそう。

トレイの上に置いてあった薬を水で流し込むのを見守ってから、オーバーベッドテーブルを足元の元の位置にずらす。

「横になってください。倒しますね」

「ああ」

リモコンでベッドを倒す。

「寿々、俺のスマートフォンがどこにあるか知っているか?」

「あ……、田沢さんが壊れてしまったと言っていました」

自由の利く左手で私の手に触れ、指と指の間に入れる恋人繋《つな》ぎにする。

そんなことされたことがないので、こんなときだというのに鼓動が跳ねる。

「そうか……わかった。もう十八時半か。疲れただろう。帰って休んだ方がいい」

「でも、ベッドからひとりで出られますか？」

「大丈夫だろう。利き腕の肩を脱臼しているが、左手は使える。そのリモコンで体を起こせるし、何かあれば看護師を呼ぶから」

だけど優心さんは、どんなに痛くても看護師の手伝いを頼まないだろう。

「私も泊まった方がいいのでは」

「いや、寿々を疲れさせたくない。田沢君もあの状態で大変だろうし、明日出社したらスケジュール調整をしなくてはならないだろう。今日は帰って早く休むんだ。それに……」

めずらしく言いよどむ優心さんに首を傾《かし》げる。

「それに？」

「そばにいたら抱きしめて眠りたくなる」

甘い言葉にボッと頬に熱が集まってくる。

「じゃあ、おやすみのキスをして」

え？　キ、キス？

引き寄せられてしまい、イチかバチかで、優心さんの唇に軽く触れて離れる。

「やはり一緒にいたら、これだけでは物足りなくなる。早く帰って」

苦笑いを浮かべながら、私の手を離す。

優心さんは、本当の恋人にはこんなに甘いのね。

偽りの関係であることが苦しくなって、表情に出さないようソファの上に置いたバッグを取りに行ってから、もう一度ベッドの横に立ち「無理しないでください」と言って、病室を出る。

ドアを閉めて、「はぁ～」と深呼吸をする。

この先、大丈夫なのだろうか……。

このままでいくと、愛し合って結婚したのではないと、いつか知られてしまうのでは。

でも、契約書もあるし、私たち以外にバレなければいいのではないだろうか。

ただ、お医者様の言う通り、この件を優心さんに話してしまうと良くないのかもしれない。

早く優心さんの記憶が戻りますように。

麻布の家に帰宅したが、三日目にしてここにひとりなのは寂しい。

「大きい家だからそう思うのよね」

キッチンの方から甘い香りがする。

いそいそと向かうと、作業台においしそうな料理が皿に盛られ、温めるばかりになっている。

甘い香りの正体は、透明のガラスのケーキケースに入ったパウンドケーキだ。

「おいしそう」

パウンドケーキに笑みが深まる。

冷蔵庫にも保存容器に入った料理がいくつもあって、ひとりだと四日間は食べられるくらいの量がある。

次に坂下さんが来るのは明後日だ。しばらく来ないでいいなんて連絡したら、坂下さんに申し訳ないし……。

そんなことを考えながら、料理を電子レンジで温め、テーブルに運んで食べ始める。

筑前煮は味が染みていて、目を見張るほどおいしい。

そうだわ。お弁当にして持っていけば、せっかくのお料理を無駄にしないですむ。

食後のデザートでパウンドケーキをカットして食べてみると、ドライフルーツがたっぷりでとてもおいしい。

「坂下さん、すごい人だわ……」

家事のベテランで、優心さんの祖父母も坂下さんの料理に舌鼓を打っていたことだろう。

優心さんの入院は一週間くらいだと言っていたし、退院してもすぐに出社できるかわからない。坂下さんには引き続き手伝ってもらおう。

スマートフォンで肩の脱臼を調べると、治るまで三週間はかかるようだ。もしかしたらそれ以上ってこともある。

田沢さんと運転手さんのむち打ちは大丈夫だろうか。

治ったと思っても、時々痛むらしいから、今は完治させることを最優先にして無理をしないでほしい。

食事をしたらどっと疲れを感じてきた。

お風呂に入って、明日着る服を選んでから、早々に優心さんのベッドに横になった。

翌日出社すると、秘書室長から田沢秘書の言づてを預かっており、出社したら専務執務室まで来てほしいとのことだった。

事故について田沢秘書からも秘書室長に報告済みで、「専務のこと、心配だわ。田沢さんもあの状態だから、大変だと思うけど頑張ってね」と口にした。

「はい。ありがとうございます」

バッグをデスクの一番下の引き出しにしまい、専務執務室へ向かう。

ドアをノックしてから入室すると、田沢秘書はデスクに着き、パソコンに注視しながらキーボードを打っていたが、私の姿に手を止める。

昨日と同じように頸椎カラーをしていて痛々しい。本当は今日一日だけでも休んでもらいたいが、真面目な人だから首を縦に振らないだろう。

「お怪我の状態はいかがですか？」

「さほど昨日と変わらないですが、まあ良くなっているのでは」

その言葉に安心していいのか、まだまだ心配だ。

「あれから専務はいかがでしたか？」

「それが……私のことを本当の妻だと信じていて、忘れてしまってすまないと言われました」

キスをしたことは言えない。

「食事が終わってから帰宅するように言われて病室をあとにしたので、それ以降はわからないのですが」

「看護師もいますし、大丈夫でしょう。ただ、記憶がないのは困ったものですね。業務にも差し支えます」

「仕事が滞ってしまいますね」

「ええ。これから専務のところへ行って進行中の案件を伺ってきます。それでだいたいいつからの記憶がないのかわかると思います。加々美さんはアポイントメントの変更をお願いします。新規のアポイントメントは常務に。常務の秘書と連携を取ってください。他は十日以降に。理由は急遽海外出張が入ったことでお願いします」

「わかりました。では、コーヒーを入れてきます」

「いいえ、もう出ますから結構です。あ、くれぐれも専務の記憶の件は、他の人に話さないでください。秘書室長にも話していませんから」

「記憶の件、わかりました。専務に欲しいもの、必要なものを聞いてください。あとで持っていきます」

「確認をしてメッセージを送ります」

病院の面会時間は十四時からとなっているが、優心さんは特別室に入っているし、ドクターから了承を得ているのだろう。

「はい。お気をつけて。行ってらっしゃいませ」

先に執務室を出て、秘書室へ行く前に自分の飲み物を入れに行った。

カフェラテの入ったカップを手に秘書室へ戻ったところへ、風間さんが私の前に立つ。

「優――、いえ、専務の怪我の状態はどうなの？」

「むち打ちと右肩脱臼です。入院は一週間ほどになるかと思います」

「そう、追突されるなんて不運だったわね。しかも籍を入れた翌日だなんて」

そう言って、風間さんは秘書室から出て行く。

風間さんからは同情というよりも、不幸を喜んでいるような雰囲気があり、ため息が漏れる。

彼女の気持ちもわからなくはないが。

午前中はアポイントメントの変更などに費やしたが、まだ半分も終わっていない。

いかに優心さんが精力的に仕事をしていたかがわかる。

お昼休憩は、坂下さんの料理をお弁当箱に詰めて持参しており、食べるのが楽しみだった。

一階下にあるオープンキッチンのあるカフェスペースに下りて、窓の外が見られるカウンターテーブルに着いてお弁当を広げた。

この場所は、重役フロアで働いている社員しか使わないので、いつもほぼ空いている。

そこへ秘書室長がやって来た。

「あら、お弁当なのね」

「はい。あ、良かったらご一緒しませんか？」

別々に座って食べるのも、周りから見たら変だろう。

「ええ。専務のことも聞きたかったし」

隣に座った秘書室長は、お弁当の蓋を開ける。

「そういえば、室長も毎日お弁当ですね？」

「外に出て食べるのも面倒だしね。ありあわせのものを入れてくるのよ。結婚もこの先ないだろうし、老後資金を貯めなきゃね。加々美さんのお弁当は彩《いろど》りがいいし、とてもおいしそう」

「私が作ったんじゃないんです。家政婦さんが作り置きのご飯をたっぷり作ってくださったので、その一部を詰めてきたんです。専務がいないので、余らせないようにしないといけなくて」

「そうだったの。田沢さんから聞いたけれど、どうなの？　怪我、相当痛いんじゃないかしら」

秘書室長のお弁当も残り物と言うけれど、とてもおいしそうだ。

彼女は両手を軽く合わせて「いただきます」と言って食べ始める。

「はい。昨日は痛みが相当ひどかったようです」

「事故だなんて本当に驚いたわ。相手が百パーセント悪いって、田沢さんが言っていたわ」

「あ……その件はバタバタしていて聞いてないんです。そうなんですね。運転手さんもむち打ちの症状があるので、全員が早く良くなってほしいです」

「特に旦那様よね？」

笑顔で茶化されて頬が熱くなっていく。

「そ、それはもちろんです」

「初々《ういうい》しいんだから。それはそうよね。結婚したばかりだもの。さてと、食べちゃいましょうね」

促されて、まだ三分の一残っているお弁当に箸を伸ばした。

食べ進めていると、テーブルの上に置いていたスマートフォンがメッセージを着信した。

画面をタップして開いてみると、田沢秘書からだ。

【専務はご自宅にあるタブレットが欲しいそうです。私は十四時に戻ります】

ベッドルームのサイドテーブルに置いてあるタブレットのことだろう。

【おつかれさまです。わかりました】

と打って返信した。


十四時過ぎ、田沢秘書が戻って来て、先ほどまでかかったスケジュール調整分を確認してもらう。

「わかりました。今日はもう専務のところへ行ってください」

「でも、まだ業務中です」

「専務のところへ行くのも仕事です。あぁ、記憶は一年前からありませんでした。一年前の中国企業への情報漏洩《ろうえい》の件は覚えていましたが、そのあとコンプライアンス体制を整えるためにアメリカ支社へ出張したことは覚えていませんでした」

「一年前……」

思ったよりも長期でなく、胸を撫でおろす。

「一度専務のタブレットを取りに戻ってから病院へ行きます」

「よろしくお願いします。体が自由にならないので、やや苛立《いらだ》ちぎみですが、タブレットに入っている研究報告書を読めば落ち着くと思います」

「研究報告書を読んだら、休めないのでは？」

「専務はMBAを持っていますが、研究者肌でもあって論文や報告書を読めば落ち着くのではないかと。それに退屈は我慢できない人ですから」

「わかりました。そうします。田沢さんも無理しないでください。それでは、失礼します」

田沢秘書にお辞儀をし、専務執務室を出た。

大学病院に入り、特別室が近づくにつれてドキドキ心臓が暴れてくる。

昨日の甘い様子の優心さんは今日も……？

あんなふうに本当の妻のように扱われると、どう対応すればいいのか困惑する。

でも、ぎこちなさ全開だったら、結婚を疑われる。疑われると言っても本当に入籍はしているのだけれど。

眠っているかもしれないので、静かにドアをノックしてからそっと開ける。

入室してベッドの上の優心さんを見れば、目を閉じていた。

眠っている？

足音を立てずにベッドの横に立った。

長いまつ毛、高い頬骨、鼻筋も通り、寝顔は見入ってしまうほど整っているが、無精ひげがワイルドな雰囲気だ。

そんなことを考えていると、優心さんの目がパチッと開いてびっくりする。

「お、起きてらしたんですね」

「ああ。待っていたよ。キスで目を覚まさせてくれるかと思ったが、いっこうにしてくれないから焦《じ》れて目を開けたんだ」

すでに甘々モード発令中……。

「ゆ、優心さんは怪我人ですから、眠っていたら起こしません」

「じゃあ、眠っていなかったらキスをしてくれる？」

彼はもしかしてキス魔？ 外国に留学していたし、向こうではキスは当たり前で挨拶でもする習慣があるようだし。

一緒のベッドを使っても、まったくそんな素振りがなかったのは、私が単なる契約上の妻だからだ。

そう考えると、またもや騙している罪悪感に襲われる。わざと騙しているわけではないのだが。

「……もちろんです」

心臓を暴れさせながら、優心さんに覆《おお》いかぶさるようにして唇に軽く重ねた。

「痛みはどうですか？」

すぐに離れて話題を変える。

「昨日よりはいい。背もたれを起こしてくれないか」

「はい」

リモコンを操作してベッドのリクライニングを調整する。

「これでいいですか？」

優心さんの上体が楽そうなところで止めて尋ねる。

「ああ。これでいいよ」

バッグからタブレットを出して彼に手渡す。

「ありがとう」

優心さんは、さっそくタブレットを立ち上げている。

持ってきたショッパーバッグから保存容器を取り出してテーブルに載せようとした

ところで、新品の黒いスマートフォンが置いてあるのが目に入る。

「あ、新しいスマートフォン、田沢さんですね」

「ああ。電話が掛けられないと困るからな」

「そうですよね。坂下さんがパウンドケーキを作ってくれていたので持ってきたんですが、いかがですか？　コーヒーも買ってきました」

「ああ。いただくよ。俺の好物を作ってくれたんだろう。あの家に遊びに行くと作ってくれて数えきれないくらい食べたよ」

「そうだったんですね。昨晩いただきましたが、本当においしくてびっくりしました」

オーバーベッドテーブルを足元から優心さんに近づけて、カットしてラップに包んだ数切れのパウンドケーキとコーヒーショップの大きめの紙コップを彼に差し出す。フォークも忘れていない。

自分の分も買ってきたので、オーバーベッドテーブルに置く。

「悪いが椅子《いす》を持ってきて座って」

「そんな悪いだなんて、怪我人なんですから気になさらないでください」

近くにあった椅子を持って来て腰を下ろし、蓋つきのカップに口をつける。

「ありがとう。では、体を拭いてくれないか？」

カフェオレを口に含んでいた私は、吹き出しそうになって寸でのところで堪《こら》える。

優心さんはタブレットを見ていたので、私が慌てたところを見られずにすんだ。

「どうした？　いいだろう？　本当ならシャワーに入りたいんだ」

タブレットから視線を私に向けて顔を顰めてみせる。

「……そうですよね。でも昨日の今日なので、看護師さんに聞いてきます。コルセットもありますし」

「わかった。それはそうと、充電器は持ってきた？　タブレットの充電が三十パーを切っている」

「あ！　すみません。うっかりしていました。私の充電器を置いていきます。明日持ってきます」

優心さんのタブレットと私のスマートフォンが同じメーカーなのが幸いした。

「寝室のサイドテーブルの辺りにあるはずだ」

そう言ってから優心さんは、左手でコーヒーの入ったカップ持ち、ひと口飲む。

「朝ごはんとお昼ご飯はちゃんと食べられましたか？」

「なんとかね。昼飯のときは田沢君がいたが、さすがに食べさせてくれとは言えなかった」

自虐的な笑いを浮かべる。

堅物の田沢さんが優心さんに食べさせている姿を想像したら、おかしくて笑い出しそうになる。

「おかしいだろう？　寿々と田沢君では比較にならない」

「本当に不便ですよね。早く治ればいいのですが」

「ああ」

私がパウンドケーキを食べやすいサイズにフォークで切り、彼の口元へ持っていく。

こうして食べさせてあげるのは二回目だが、それほど緊張しなくなった気がする。

優心さんは口に入れ咀嚼《そしゃく》後、「ああ、この味だ。懐かしい」と満足そうだ。

持ってきて良かった。

少しして看護師が様子を見にやって来た。

体を拭いていいか尋ねると、あと二日は我慢してくださいと言われ、優心さんは苦虫を噛《か》み潰したような表情になった。

私としてはホッと安堵している。

看護師がバイタルや、痛みなどをチェックし終え、病室を出て行った。

「体を拭くのは、数日我慢してくださいね」

「ああ。仕方ないな」

妻なのだから、裸は見慣れているはずだと思っていて当然だ。早く思い出してもらわなければ、退院後お風呂に入って洗ってほしいって言われかねない。

こ、困るわ……。

「部屋は暑いか？」

「え？」

ハッとなって我に返ると、優心さんが不思議そうに見ていた。

「今なんて？」

「顔が赤い。部屋が暑いんじゃないか？　それとも疲れている？」

「っ、疲れてないです。暑いみたいで……」

誤魔化《ごまか》すようにして、グレーのスーツのジャケットを脱ぐ。

「いや、疲れているはずだ。俺のせいで」

憂慮する瞳を向けられてトクンと心臓が高鳴る。

「では、私を疲れさせないように、お医者様の言うことはちゃんと聞いてくださいね。一日も早く回復するように」

「わかった。そうする」

優心さんが笑みを浮かべて約束してくれたとき、ノックの音が響いた。

「はい」

ドアが開き、社長を先頭に樋口さん、田沢秘書の三人が入ってきた。

「寿々さん、ご苦労さま。優心がわがままになっているんじゃないか？」

社長は私に尋ねたのだが、優心さんが答える。

「よくわかりますね。退屈で早く退院したいですよ」

「それはそうだな。ここでは退屈するだろう」

話をしている間に、ベッドの横に椅子を三脚置いた。

「ありがとう。寿々さんもここに座ってくれ。ふたりに話があるんだ」

社長が椅子に腰を下ろし、隣に私を座らせる。

「俺たちに話とは？」

「優心が指揮を執っている案件があるんだが、今大事な商談中だ。もし優心の記憶喪失が明るみに出た場合、株価に影響を及ぼし、商談もうちが不利な条件になりかねない。そこでだ。一カ月ほど新婚旅行へ行ったらどうだろうか。その案件は私が引き継ぐ」

新婚旅行……。

「たしかに、俺の状態が知られたら、そういった懸念も当然だと思います」

「君たちはまだ新婚旅行も行っていない。怪我をしている状態で行くわけだから、寿々さんに多大な迷惑がかかるが、海外でゆっくりしてくればいい。その間に記憶も取り戻せるかもしれない」

脱臼が完治するのは三週間くらいと聞いているから、優心さんが行きたいかどうかだ。移動も大変だろう。

優心さんは考えている様子だ。

「……そうだな。新婚旅行へ行こう。一カ月も会社を休めることなどそうないから、いい機会だ。寿々はどう思う？」

「完治までまだしばらくかかりますが、大丈夫でしょうか？」

「寿々には負担をかけてしまうが、俺は暖かいところで君とのんびりしたい」

「で、でもお仕事が――」

思わず田沢秘書へ顔を向けるが、社長がニコニコしながら遮《さえぎ》る。

「寿々さんは責任感がある。仕事は他の者もいるから大丈夫だ。今は優心の面倒を見てほしい」

「寿々は俺の世話で大変そうだから、行きたくないか？」

優心さんは私が慌てる意味を取り違えている。

ふたりきりでいたら甘いムード全開になったとき、どうなってしまうかわからないからだ。

でも……それはどこにいても同じことかもしれない。

案じる優心さんに小さく首を横に振って笑みを浮かべる。

「いいえ。行きたいです。暖かい場所でゆっくりしたら回復が早まるかもしれません。移動が体に負担になるかもと思っただけです」

「良かった。君に大変な思いはさせない」

優心さんも笑顔になり、社長がポンと膝を打つ。

「よしよし。これで決まりだな。ふたりで行きたい場所を選びなさい。では、私たちはこれで帰るとしよう」

社長は椅子から立ち上がりドアへ向かう。そのあとに樋口さん、田沢秘書が続き、私も見送るためにあとをついて行く。

「お気をつけてお帰りください」

お辞儀をして顔を上げたところで、田沢秘書の困惑している顔が向けられていた。

私と優心さんの関係はあくまで契約結婚なのに、思わぬ方向へ話がどんどん進んでいくからだろう。

でも、社長たちに知られては絶対にだめなので、田沢秘書も口をつぐむしかない。

去って行くうしろ姿を見送ってから部屋に戻る。

ベッドへ近づくが、優心さんの表情が曇っている。

「痛みが出てきましたか？」

「たしかに痛いが……もしかして、寿々は新婚旅行に行きたくないのかと思ってね」

「いいえ、行きたいです。せっかくの新婚旅行ですもの。私が躊躇《ちゅうちょ》したのは優心さんの体を心配してのことです」

嘘《うそ》がつらつら出てきて、胸が痛む。

「それなら良かった。寿々はどこへ行きたい？」

行きたいところはスペインだ。一番観てみたいガウディのサグラダファミリアのあるバルセロナには、他にも素晴らしい建築物がある。

だけれど、スペインは遠すぎる。遠い国への移動は彼に負担がかかるだろう。

「私はどこでもかまいません」

「本当に？　ちゃんと言ってもらった方がうれしいんだが？」

「行きたいところはたくさんあるので、優心さんが選んでください」

「俺は君が行ってみたいところがいい」

どうしてもと言い張る優心さんに思わずふっと笑みが漏れる。

「優しすぎます。優心さんの静養のためなのに」

「寿々が遠慮するからだ」

「本当に遠いので……負担をかけたくないんです」

「遠い？　言ってくれないか。君の希望は叶《かな》えたい。どんな距離でも飛行機の移動は負担にならないから」

「本当に……？」

「ああ」

負担にならないはずはないが、そこまで言ってくれるのなら希望だけでも言ってみようか。この先行けるかわからないし。

「スペインです。サグラダファミリアをずっと見学したかったんです」

「バルセロナだな。では、スペインのマヨルカ島で静養してからバルセロナへ移動して寿々の願いを叶えよう」

優心さんはオーバーベッドテーブルの上でタブレットをタップして、何かを検索している。

「いいんですか？」

「もちろんだ。マヨルカ島はリゾート地として有名で、怪我の療養にもいいだろう。この島だ」

言われてタブレットを覗《のぞ》き込む。

透明度の高い海は美しく、見ているだけでワクワクする島だった。

「とても綺麗ですね。優心さんは行かれたことは？」

「一度だけ。また訪れたいと思っていたから、すぐにマヨルカ島を思い出したんだ。よし。ではここで手配をしよう」

「私が――」

「いや、退屈しているところだから、俺が手配する。寿々は荷造りを少しずつしておいてくれ。退院して二日後くらいには出発しよう。パスポートの有効期限は大丈夫か？」

年に一度は海外旅行へ行くのが楽しみだったので、パスポートは所持している。三年前に取得して、まだまだ残存期間はある。

そこへ夕食が運ばれてきた。

麻布の家へ帰宅したのは二十時を少し回ったところだ。

突然の新婚旅行に戸惑いつつも、念願のサグラダファミリアを訪れることができる興奮で、フワフワしている。

楽しみだけではなく、心配もある。

旅行中に優心さんの肩の脱臼が治ったら、今のままでは体の関係を持つ可能性は百パーセントあるだろう。

彼は愛し合って私と結婚したのだと思っているのだから。

旅行中、折を見て契約結婚だと話そうか……でも、お医者様からは自分で記憶を取り戻すようにと指示されている。

それだけじゃなく、体の関係を持つとなったら、すべてを晒《さら》すことになる。

――私の太腿の傷は絶対に見られたくない。

どうすればいいの……？

重いため息が漏れる。

まだ時間はあるわ。もう少し考えてみよう。

五、一カ月間のハネムーン

優心《ゆうしん》さんは事故から一週間後、退院した。月は変わって六月になっていた。

明後日からスペインへ飛ぶため、坂下《さかした》さんには一カ月間休んでもらうことになった。

タクシーを降りて自宅に入り、陽の当たるサンルームのソファに座った優心さんは、コーヒーを入れに行こうとする私の手を握って引き留めた。

「荷物を持ってもらってすまなかった。母のシンガポール土産があるから余計に多くなったな」

そう言う彼だけど、怪我《けが》をしていない左手で私のバッグを持ってくれていた。

昨日、お義母《かあ》様が旅行のお土産を持って見舞いに来たのだが、私と入れ替わりだったようで会えなかった。

お風呂用のコルセットなどもあって、入院したときにひとつだった荷物は、大きなバッグがふたつに増えていた。

むち打ちの症状は軽かったので頸椎カラーは外したが、脱臼のコルセットはしたままで、順調にいけば二週間後には外せるようだ。

「謝らないでください。当然のことですから」

「まだ俺への態度が秘書みたいだな」

その言葉に心臓がドキッと跳ねる。

「今も秘書ですから、結婚してもまだ慣れなくて……」

「第二秘書になって……一年は経っているな。俺たちは電撃的に恋に落ちたんだな」

「それは話さない約束です。じっくり考えてください。私たちのことを早く思い出してほしいです」

そうすれば、優心さんを失望させないですむ。

「ああ。寿々のことを忘れてしまい、本当に申し訳ないと思っている」

記憶をなくして、もどかしさや不安を感じているのは優心さんなのに、私ったら自分のことばかりで、追い打ちをかけるようなことを言ってしまった。

「ごめんなさい。思い出せない焦りと腹立たしさがきっとあるのに、ひどいことを……」

「寿々が謝ることじゃない。たしかに焦りはある。早く寿々と過ごした日々を思い出したい」

過ごした日は片手でも足りるほどだ。

「無理に思い出そうとしないで、ゆっくり、ゆったりとした気分でいればそのうちに思い出すかもしれません」

「ああ。だから、寿々と過ごす旅行が楽しみだよ」

「私もです。お買い物に行ってきますね。ベッドで休んでいた方がいいのでは？」

無理をして痛みがひどくなったら大変だ。

「いや、ここで大丈夫だ。頸椎カラーを外したから身軽になった感じだよ」

「それは良かったです。では、無理をしないでくださいね」

引き寄せられて唇をそっと重ねる。

挨拶《あいさつ》くらいのキスは慣れてきた。

といっても、ドキドキはするけれど。

幸いなことに、私が病室を訪れるのが遅い時間になってしまったため、体を拭《ふ》くのは免《まぬが》れたが、これからは難しいだろう。

それにお風呂にも入れるから、そのときには介助が必要だろう。

「ああ。気をつけて」

「行ってきます」

笑みを浮かべてうなずき、バッグを持つと玄関に歩を進めた。

スーパーマーケットまでは徒歩七分。

何を作ろうか考えているうちにスーパーマーケットに到着した。

明後日、二十時三十分のフライトなので、使い切れる分の食材を買わなければ、捨てることになってしまう。

慎重に今日のお昼から、明後日のお昼までの食材を選んだ。

「寿々、買い物おつかれ。料理はいいから、こっちへ来て」

買い物から戻ると退屈していたのか、日当たりのいいサンルームのソファにまだ座っていた優心さんに呼ばれる。

寿々……彼からそう呼ばれるのはくすぐったい。

まるで私を愛しているかのように甘く聞こえるからだ。

「でも、おなかを空かせているのでは？　すぐに作りますから。おとなしく待っていてくださいね」

そう言うと、優心さんは苦笑いを浮かべる。

「君くらいだろう？　俺の言うことを聞かないのは」

そうじゃない。

甘い雰囲気を漂わせている彼に近づくのは危険だ。

優心さんの第二秘書である私は、彼の言葉が絶対なのだから。

ふと食材の入った袋を持つ左手の薬指へ視線を向ける。

そこには見事に輝くダイヤモンドのエンゲージリングと、マリッジリングがはまっている。

「寿々？」

ほら、また勤務中から想像できない魅惑的な微笑《ほほえ》みを浮かべて、私を誘う。

あの微笑みを向けられたら、どんな顔をすればいいのかわからなくなる。

「優心さん、子供みたいですね」

仕方なく、その場に荷物を置いて優心さんに近づき前に立った。

彼の右手が私の腰の辺りを撫《な》でる。

「男は好きな女性の前では、甘えたくなるんだ」

情欲を孕《はら》んだ瞳を向けられ、ドクンと鼓動が大きく跳ねる。

腰に置かれた手に誘導されるようにして、隣に座る。そしてその手は頬へと移動して顔を引き寄せられた。

ドクドク……と、全身の血流が目まぐるしく回るような感覚に眩暈《めまい》を覚える。

優心さんの美麗な顔が傾《かたむ》けられ、このままでいくとキス、しちゃ……。

「だ、だめです」

唇があと十センチほどのところで顔を引こうとするが、ほんの少しうしろに移動しただけで、漆黒の瞳に囚《とら》われ動けなくなった。

「だめ？　入院中、ずっとこうしたかった」

「だ、だって体に障ります」

「寿々に触れられない方が体に障る」

本当に、彼が真実を思い出したらと思うと怖い。

「優心さん、私はおなかが空いたんです。おなかが空くと怒りっぽくなるんですよ？」

茶目っ気たっぷりに言うと、にっこり笑って彼から離れる。

「そうなのか……覚えておくよ。おなかを空かせた寿々は手ごわいってね」

苛立った様子もないので、ホッと胸を撫でおろす。

「はい。ちゃんと覚えておいてくださいね。じゃあ、お昼ご飯作っちゃいます」

「わかった」

優心さんはテーブルの上に置いてあるタブレットに左手を伸ばした。

買ってきたものを冷蔵庫にしまい、玉ねぎとにんじん、鶏肉を作業台に出してオムライスを作り始める。

同じ空間にいる優心さんがつい気になって視線を向けてしまうが、彼はタブレットを真剣な表情で見ている。

田沢秘書の言う、研究報告書を読んでいるのかもしれない。

決済しなければならない書類があるので、明日と明後日は夕方まで出社する予定になっている。

テーブルにオムライスのプレートと、テーブルスプーン、コンソメスープのカップをセッティングしてから優心さんのもとへ行く。

「お食事ができましたよ」

「ありがとう」

ソファから立ち上がる彼の腕に手を添える。

頸椎カラーを取ったおかげか、動作がスムーズだ。

手を添えたままテーブルまで寄り添い、椅子《いす》に座ってもらう。

「おいしそうだ。いただきます」

優心さんはスープのカップをひと口飲んでから、スプーンを持つ。

左手でも食べられるように、オムライスを入れた器は深皿にしている。

私も斜め前に腰を下ろし、「いただきます」と両手を合わせてから食べ始める。

「見た目同様おいしい。寿々は料理上手なんだな」

「簡単なものしか作れないんです。坂下さんのお料理が素晴らしくて、褒《ほ》められると恥ずかしいくらい」

「坂下さんは君の祖母くらいだろう。年季が違う」

簡単な料理にも優しい言葉をかけてくれるので、このままずっと……と、夢を見てしまいそうだ。

そんなことを考えていた私は、優心さんの次の言葉で、サァーッと血の気が一気に引いた。

「食べ終わったらゆっくり風呂に浸かりたい。寿々も一緒に」

このときのために、一緒に入れない理由を考えていたが、実際言われると心臓がドクドク暴れてくる。

「一緒に入ったらそれだけでは済まなくなるのではないですか？　今はまだ安静にし

ていなければならないので、やめた方がいいです」

「そうだな。寿々の姿を見たら抱きたくなる。では、洗うだけでいい」

もう逃げられない。でも、お風呂用の装具をつけて入らなくてはならないし、彼はまだ腕を動かせない。

「わかりました。お風呂に入ったらさっぱりしますね」

にっこり笑うと、優心さんが口元に笑みを浮かべてうなずく。

「病院の男性職員にシャワーを手伝ってもらったが、気持ちいいものではなかった」

「知らない人ですものね……。明日は出社なので、お風呂に入る前に旅行の支度をしますから、持っていくものを指示してくださいね」

「ああ。そうしよう」

私の介助なしに優心さんは左手だけで器用に食べている。一週間が経って、上達したみたいだ。

この旅行は一カ月間と長いので、荷物も多い。

お互いのキャリーケースが二個ずつになったが、これでも服などは選び抜いた。

ホテルのランドリーサービスを使えばいいし、気に入った服があれば買おうと、優心さんは簡単に言う。

このあとの優心さんの入浴が頭から離れなかったが、なんとか荷物の用意は終わった。

私の荷物は最後に細々としたものを入れるだけ。

「では、風呂に入るよ。寿々、いいか？」

「もちろんです。お湯加減見てきますね」

二階から一階のバスルームへ行き、大きく深呼吸をする。もう心臓がバクバクして痛いくらいなのだ。

大丈夫。体を洗うだけ。

バスルームのドアを開けて、バスタブの蓋《ふた》を開けてから手を入れる。温度はちゃんと設定どおりにシステム管理されているが、何か理由をつけて優心さんから離れたかったのだ。

お風呂用の装具を洗面所に用意する。

怪我をした肩の脇が三十度以上空いていなければならないので、メッシュの袋にバンドがつけられており、中に発泡スチロールのようなものが入れてある。

これは旅行に持っていくにはかさばるので、滞在先でペットボトルを購入して利用してくださいと理学療法士に言われている。空のペットボトル四本分で代用できるみたいだ。

そこへ優心さんが現れる。

「腕、持ち上げていてくださいね」

「わかった」

ドキドキがひどいが、なんでもない風を装い、装具を外してから服を脱がす。すると、見事な上半身に目のやり場に困り、背を向けてお風呂用の装具を手にする。

装具をつけて、スラックスのベルトを外して下ろし、優心さんはボクサーパンツ一枚になった。

「寿々」

顔を上げた瞬間、唇が塞《ふさ》がれるがすぐに離れる。

「だめだな。脱がされていると寿々が欲しくなった」

「は、早く湯船に入りましょう」

これ以上、見ないようにして手早くボクサーパンツを脱がし、バスルームへ促した。

うしろ姿だけでも、見惚《みと》れるくらいの美しく見事なスタイルで、急いで視線を外した。

彼は左手でかけ湯をしてから湯の中に腰を下ろした。

その間に、着替えとパジャマを二階から持ってくる。彼から離れている間に気持ちを落ち着けなければ。

早く思い出して……。

そう願わずにはいられない。

気持ちはまだ落ち着いていなかったが、優心さんのもとへ戻る。

「もう少し浸かっていますか？」

「いや、洗ってもらってからまた入る」

彼は左手をバスタブの縁に置いて立ち上がり、洗い場へ出て椅子に座った。

彼の背後に立って俯《うつむ》いてもらい髪を洗う。

「首は痛くないですか？」

「ああ。むち打ちは田沢君よりも軽症だったみたいだ」

「田沢さん、お休みしないので治りが遅いのかもしれないです」

「俺たちが出国したら、一週間ほど休んでもらおう」

シャンプー液を手に取って、優心さんの髪を丁寧に洗う。彼の髪はコシがあって、指通りがいい。

「洗い足りないところはありますか？」

「大丈夫だ。気持ち良かったよ。ありがとう」

「では、流しますね」

シャワーで泡を流す。

できるだけ優心さんの体を見ないようにしているが、洗うとなればそれは無理だ。

スポンジを泡立てて首から撫でるようにして動かす。

下腹部を見ないようにして、首から鎖骨、胸から腕へとスポンジを動かしていく。

毎日優心さんのお風呂を手伝ったら、いつかは裸にも慣れるのだろうか。

「ひとりで裸だと意外と恥ずかしいもんだな」

「私も恥ずかしいです」

ちょうどいい機会なので、私も便乗する。

「治ったら俺が寿々を隅々まで洗う」

「それはもっと恥ずかしいです」

「顔が赤い。初々しいな。早く君をどんなふうに抱いたのか思い出したい」

左手で私の顎に手を置き、目と目を合わせる。

「焦ってはだめですよ」

心臓のドキドキが顎に置かれた手から伝わってしまいそうで、スポンジにボディシャンプーを追加することで離れる。

男性の下腹部は初めて見るが、俯いて目を閉じながら手を動かした。

途中、優心さんから呻《うめ》くような声が漏《も》れ、びっくりする。

「刺激が強すぎるな」

そう言って苦笑いを浮かべた。

翌日と翌々日、優心さんと私は出社して残務整理をし、十五時過ぎに退勤したのち、羽田《はねだ》空港へ向かった。

実家へは一カ月間、新婚旅行にスペインへ行ってくると連絡をしているが、優心さんの怪我と一部記憶の欠損は話していない。

話をした父は一カ月も新婚旅行なのかと驚いていたが、気をつけて楽しんできなさいと言っていた。

空港に到着し、キャリーケースを預けたあとは、ファーストクラス専用ラウンジで出発までゆっくりする。

フライトはジャパンオーシャンエアーで、驚くことにファーストクラスを彼は取っていた。

「ファーストクラス、初めてなのでワクワクしています。でも、お金を使わせてしまって心苦しいです」

彼が海外出張のときもファーストクラスで行くが、まさか私が乗れる日がくるとは思ってもみなかった。

「そんなふうに思う必要はないよ。このクラスなら体が楽に現地まで行ける」

そう言って、最高級の銘柄のスパークリングワインを飲む。おつまみもフランス料理のレストランと遜色ない料理が提供されている。

窓から見える空港の誘導灯が綺麗《きれい》で、飛び立つ旅客機を眺《なが》めながら話をしているうちに、搭乗時間になった。

案内されたファーストクラスの席は真ん中の二席で、間のパーテーションは外され、優心さんが不自由ないかすぐわかる仕様になっていた。

座席がフラットになるなんて、エコノミークラスにしか乗ったことのない私はここのひとつひとつが物珍しい。

アメニティなどもハイブランドが使われているし、リラックスできる就寝用のワンピースもあって、空飛ぶホテルのようだ。

「まずはドイツのミュンヘンまで飛ぶ。フライト時間は十四時間三十分くらいだ」

「スペインは遠いですね」

ファーストクラスでなら、肩に負担をあまりかけずに行けるかもしれないが、退院したばかりの身には堪《こた》えるのではないかと思う。

「俺の心配をしてる？　寝ていればいいんだから問題ない。寿々、くつろいで。料理や映画を楽しんでいるうちに到着する」

本当に魅力的で優しい男性《ひと》だ。

彼が記憶を取り戻したら、二年間の契約妻というだけでなく、以前の秘書の立場になる。

今のように恋人のような扱いはしてもらえず、もしかしたら、騙したと憤《いきどお》るかもしれない。

今さら考えても仕方がない。

契約結婚だと話せなかったとわかってもらうしかないのだ。

そこへファーストクラスの担当キャビンアテンダントが挨拶《あいさつ》に来て、「何なりとお申し付けくださいませ」と言って去って行く。

そろそろ離陸時刻になる。

優心さんは給仕されたスパークリングワインを飲み、私はグレープフルーツジュースをいただいていると、飛行機は離陸した。

彼の言う通り、贅沢《ぜいたく》な食事や映画を楽しみ、睡眠を取っているうちに、ミュンヘン空港に到着した。

その後、ミュンヘン空港を離陸したのち、定刻通り二時間十分後、スペインのパルマ・デ・マヨルカ空港に到着した。

時刻は十一時になるところで、機内から外へ出ると眩《まぶ》しいくらいの青空に目を瞬《また》かせる。

「優心さん、長距離移動おつかれさまでした。体は大丈夫ですか？」

「俺は平気だ。寿々は疲れたんじゃないか？」

「いいえ。景色を早く見たくて、いても立ってもいられないって感じです」

彼は笑顔で「もうすぐだ」と言って、私の右手を握り、入国審査の場所まで歩を進める。

入国審査は無事に終わり、荷物受け取りのターンテーブルへ進む。

バカンスをこれから楽しむのだろうか、西洋人の男女や家族連れがたくさんの荷物をカートに載せている。

私たちのキャリーケースは、ジャパンオーシャンエアーの現地スタッフがカートに乗せてくれ運んでくれる。

さらに別の現地スタッフが四個のキャリーケースを乗せたカートを押して、迎えの車に案内してくれた。

至れり尽くせりの優心さんの手配は、私の手を煩《わずら》わせることなくすべてがスムーズだ。私が手配をしたとしたら、どこかでトラブルが起きて、うまくできなかったはず。月に何度か海外出張のある彼だからこそ、手間取ることなく簡単に手配してしまうのだろう。

空港から外に出ると少し暑いくらいの気温で、長袖のカットソーを着ているが袖をめくりたくなった。

黒塗りの高級車に乗り込み、ホテルに向かう。

空港を出て走り出すと、コバルトブルーの海が目に飛び込んできた。

優心さんがタブレットで見せてくれた海の色と変わらなく美しい。世界有数のリゾート地というのもうなずける。

「ずっと見ていたいくらい綺麗ですね」

「地中海の宝石やヨーロッパのハワイと言われているらしい。俺は肩が治るまでは海は入らないが、寿々は泳ぐといい。溺《おぼ》れないか見ているよ」

太腿に傷が残ってから人前で水着になったことはなく、入りたい気持ちはあるが、傷を人に見られたくなくて諦めている。

「実は泳げなくて。だから見ているだけでいいんです」

「泳げない？　そうだったのか。泳ぎたいのであれば、肩が治ったら泳ぎを教えようか？　透明度のある海は気持ちが良い」

「考えておきますね。溺れたことがあって、それ以来怖いんです」

嘘《うそ》を重ねている自分が嫌になる。

優心さんの記憶はまだ戻る兆《きざ》しもない。

「溺れたことがあるのか。怖い思いをしたな。では、気が向いたら言ってくれ」

「はい。そうします」

車が走り始めてから約三十分でホテルのエントランスに到着し、車が停まった。

それほど高い建物ではなく、横に広がっている白い外壁のホテルだった。

ポーターがキャリーケースを迎えの車から出している間に、ロビーに歩を進めてフロントへ近づく。

チェックインを済ませると、キャリーケースを運ぶポーターの案内で部屋へ向かった。

部屋は七階の最上階で、広くてラグジュアリーなスイートルームだった。

ここに二週間も滞在するのはかなり贅沢ではないかと、落ち着かない気持ちになる。

荷物を運び終えたポーターに優心さんはチップを渡し、ドアが閉まる。

そんな気分のまま窓に近づき、景色を眺《なが》める。

眼下にコバルトブルーに輝く海が広がっており、素晴らしい景観だ。テラスに出て視線を下げた先に、ホテルのプライベートビーチが見えた。

「ランチは下のレストランに行こうか」

優心さんが隣に並んだ。

「少し休憩した方がいいと思いますよ。肩に負担がかかっていますから」

「寿々は優しいな。でも痛みはないし、部屋に閉じこもっていてもつまらない。せっかくのハネムーンだし、スペインが初めての君に楽しんでほしい」

「優心さん……」

彼の優しさに胸の奥がじんわりと温かくなる。

「わかりました。実はおなかが空いています。機内でもけっこう食べていたんですけど……」

すると、優心さんが破顔する。

「それ以上、おなかを空かせないために早く行こう」

おでこに唇が落とされ、肩に手が置かれてテラスを離れた。


二階にあるレストランのテラステーブルに案内され、スペインで初めて食べるパエリアを選んだ。

海老やタコ、イカなどの魚介類がふんだんに乗ったパエリアは、うまみがたっぷりで毎日食べてもいいほど癖になる味だ。

生ハムのサラダもおいしくて、ここにいる間に気をつけないと確実に太りそうだ。

「スペイン料理、思っていたよりもおいしくて、食べすぎてしまいます」

「気に入って良かった。食べすぎってほどでもない。外のレストランやバーでは色々な料理を楽しめるタパス《小皿料理》があるから、滞在中に訪れよう」

「時間のあるときにジムに行って運動してこようかと思います」

「運動不足にならないように、それもいいな」

「はい」

ライムの入った炭酸水を飲み、景色へ視線を向ける。

清々《すがすが》しい初夏の陽気で、暑すぎることもなく気持ちが良い気候だ。

こんな素敵《すてき》なところで二週間も過ごせるし、後半はスペイン本土の観光地巡りができる。帰国後は仕事をしたくなくなるかもしれない。

でも、そんな先の心配より現状の方が心配だ。

優心さんの肩は徐々に良くなって、マヨルカ島を離れる頃には装具も外していることだろう。

そうなったら……。

優心さんの誘惑に抗えるのか……不安だ。

それに、太腿の傷を見たら彼はショックを受けるかもしれないし、絶対に見られたくない。

そのことを考えるだけで落ち着かない気分になる。

ランチを食べ終えて、ホテルの外へ散策に出かけることになった。

優心さんと手を繋《つな》いで異国の土地を歩けるなんて、契約結婚を持ちかけられたときは思ってもみなかった。

新婚旅行も予定になかったしね。

ホテル近辺の歩道には、ヤシの木が均一に植えられていて、海と反対側は土色した石壁の建物などが見える。

そちらの方向へ顔を向けていると、優心さんが口を開く。

「明日は大聖堂やベルベル城へ行こうか」

「行きたいです」

立ち止まって優心さんににっこり笑う。

「時間はたっぷりあるから、ドライブをしたり洞窟へ行ったりもできるな」

「洞窟見学も楽しそうです。鍾乳洞が美しいとネットの観光ガイドに書いてありました」

「ああ。そうらしい。俺もまだ訪れたことがないんだ。他にも行きたいところがあったら言ってくれ」

左手の指が私の顎を捉え、端整な顔が落ちてくる。

外なのに、すんなりと彼の唇を受け入れられる。

外国のムードがそうさせるのだろう。

ホテルのスイートルームに戻り、カウンターバーでコーヒーを入れ、テラスのソファで休んでいる優心さんに運ぶ。

「荷物を出してきますね。ゆっくりしていてください。タブレットを持って来ましょうか？」

「ありがとう」

「お礼を言う必要はないです。私はまだあなたの第二秘書ですから」

「まだ？」

「あ……」

帰国したら社長の第二秘書に異動になると言ってもかまわないだろう。そう結論を出したとき、優心さんが先に口を開く。

「……そうか。結婚したから俺の下で働けないのか」

悟ってもらえてホッと安堵する。

「はい。そうなんです」

「寿々、働くのは妊娠するまでだろう？」

「え……？」

思いがけない彼の言葉にドクンと心臓が跳ねる。

「俺たちはその話をした？」

真剣な表情で見つめられて、逡巡する。

「……それは……言えません。思い出そうとするのは負担がかかるので、無理しないでください」

そんな話なんてひと言もしていない。

契約結婚には必要のないものだから。

キャリーケースから荷物を出して、クローゼットに片付けてからテラスへ行くと、優心さんは座ったまま背もたれに体を預けて目を閉じていた。

眠るのはなんだか彼らしくない気がして、ふと手のひらを額に置いてみた。

「熱が……」

驚きの声を出した私の手首が掴《つか》まれ、瞼《まぶた》が開き、漆黒の瞳が見つめる。

「たいした熱じゃない」

さっきのキスのとき、熱に気づかなかったのは、異国の雰囲気と気持ちがフワフワしていたから？

「お医者様に診ていただかなくても大丈夫でしょうか？」

「ああ。解熱剤を飲めば明日の朝には治っている。心配かけてすまない」

私が知る限り、優心さんは病気で仕事を休んだことがない。きっと疲れからきている熱だと推測できるが、彼自身自由にならない体に歯がゆい思いだろう。

「謝らないでください。ベッドへ行きましょう」

手を添えて椅子から腰を上げた彼と一緒にベッドに向かう。

今は大儀そうなので着替えるのはあとにして、ベッドの端に座ってもらい、ミネラルウォーターと薬の入ったポーチを取りに離れる。

スイートルームのベッドは天蓋《てんがい》つきで、王侯貴族が使いそうなくらいゴージャスだ。

体温計で熱を測ると、三十八度だった。

「思ったよりありますね。肩はいつもより痛みますか？」

肩に負担がかかって炎症を起こしているのではないだろうか。

「疲れだろう。入院で体がなまっていたようだ。これくらい平気だから、心配しないでくれ。肩の痛みも変わらない」

薬を飲んだ優心さんは体を横たえた。

「では、夕食まで眠ってくださいね。食欲はいかがですか？　ルームサービスを頼みます」

「軽い食事でいいが、寿々は好きなものを食べろよ」

「トーストとスープくらいでしょうか」

「ああ。それでいい」

返事をした彼が目を閉じるのを見届けてから、ベッドルームを離れテラスへ出る。

もうすぐ十七時だが日没は二十一時過ぎなので、外はまだまだ明るく、ビーチで遊んでいるカップルや家族連れがたくさんいる。

マヨルカ島の夏のベストシーズンは七月から九月で、海水浴にはまだ少し早いのだけれど。

砂浜で遊ぶ楽しそうな子供たちをぼんやり眺《なが》め、テーブルに置いてあったタブレットとカップを手にして部屋へ戻る。

薬が効いて熱が下がるといいのだけど……。

ルームサービスで頼んだ丸パンとコーンスープが届き、ベッドルームへ運ぶ。

あれから四時間眠ったので、熱はどうだろうか。

二時間前に様子を見に来たときは、触れて起こしたら良くないと思い、ぐっすり眠っているのを部屋の入り口から確認し、そばまで行かなかったのだ。

「優心さん」

額に手のひらを当てると、彼の目が開き漆黒のぼんやりした瞳が現れ、すぐに光を宿らせる。

「寿々……今何時だ？」

「二十一時です。少し熱は下がった気がします。パンとコーンスープは食べられますか？」

「ああ。腹は減っている」

彼が起き上がるのを手伝う。

体温を測ると、少し下がっていて胸を撫でおろす。

優心さんは丸パンとコーンスープを食べ始め、食欲もあるので快方に向かいそうだ。

「退屈していなかったか？」

「はい。大丈夫ですよ。先にイカ墨のパスタをいただきました。とてもおいしかったです」

「どうりで」

え……？

優心さんの指先が右頬に触れて、拭《ぬぐ》うように動かす。

「ついていた」

「あ！　歯磨きはしたのに」

「かわいいよ。イカ墨のおかげで寿々の頬に触れられた」

優心さんは口元を緩ませる。

「触れられたって、いつでも触れているじゃないですか」

「そうだったな」

元気が戻ったみたいでうれしい。食事も完食だ。たいした量ではなかったが。

「パジャマに着替えましょう。手伝います」

装具を外し、シャツを脱がしてからパジャマに着替えさせた。


翌朝、目を覚ますと、優心さんがこちらに眼差《まなざ》しを向けていた。寝顔をまじまじと見られていたようで恥ずかしい。

もう何日も隣で寝ているが慣れない。

「……起きていたんですね」

「ああ。少し前に。おはよう」

「おはようございます。熱はどうでしょうか」

「平熱に戻っている」

微笑みを浮かべる優心さんだけれど、『平熱に戻っている』が甚《はなは》だ信じられない。

ベッドから降りて、反対側のサイドテーブルに置いた体温計を手にする。

「ちゃんと測ってくださいね」

彼の左腕の脇に当てて熱を測ってもらう。

「手厳しい秘書に戻ったな」

からかう優心さんに顔を顰《しか》める。

「専務に手厳しいのは田沢さんですし」

「ああ。そうだったな」

彼は笑い「彼の怪我は良くなっているだろうか？」と口にする。

「あとでメッセージを送っておきますね。まだそれほど日にちは経っていませんが、良くなっているといいですね」

体温計がピッと音を立て、外して見ると三十七度ある。

「熱がありますね。今日は一日中ここでゆっくりしましょう」

「たいした熱じゃない。観光くらいできるさ」

「だめです。まだまだたっぷり時間はありますから」

「だが、寿々は退屈するだろう」

優心さんは表情を曇らせるが、にっこり笑って首を左右に振る。

「退屈なんてしませんから安心してください。ここの景色は素敵だし、ゆっくりテラスで本も読めますし、ルームサービスを頼めばおいしいお料理も届きますから。退廃的に今日は過ごしましょう」

「退廃的か。肩が治っていれば、ベッドから一日中寿々を出さないんだが……では、そうしよう」

優心さんの言葉は心臓に悪い。記憶が戻ったときに、戸惑わせないためにもそんなことをしてはいけない。

「顔を洗って、着替えてきます」

ベッドから離れようとすると、「寿々」と声がかかり立ち止まり振り返る。

「寿々、俺たちは夫婦だ。夫の前で着替えるのが普通じゃないか？」

その言葉に心臓がドクンと跳ねる。

「……優心さんは私と夫婦であることを忘れていたので恥ずかしいんです。夫婦であっても、覚えていないので見たことがないってことですから。でも、記憶がないことを責めているんじゃないです。優心さんに非はないのですから」

「それを言われたら何も返せないな。わかった。早く君とのことを思い出せるといいのだが」

笑いながら言ってくれたので、ホッと安堵して「寝ていてくださいね」と言ってからベッドルームから離れた。

その日は、一歩もスイートルームから出ずに過ごした。

優心さんはベッドで寝ているのが退屈になったようで、午後にはテラスのソファで景色を見ながら、私も隣に座って話をした。

話題は優心さんに任せる。記憶にある映画や、会社周辺でどこのレストランがおいしいかなど他愛ない会話だ。

そうしたことで、記憶が取り戻せるのではないかと思ったのだ。

夕方には彼の熱は平熱に戻り、胸を撫でおろした。

「平熱ですね。良かったです」

「では、夕食は外のレストランでタパスを食べよう」

「だめです。またぶり返すかもしれません。今夜はルームサービスを頼みましょう」

大きくため息をついた優心さんは、ねだるような視線を向けるが、私は首を左右に振る。

「そんな顔をしてもだめですよ」

こんなふうに甘えるような、いたずらっ子のような態度を見せる優心さんは、記憶を失わなければきっと見られなかっただろう。

すべてが計算しつくされたクールな彼にも惹《ひ》かれていたが、今のような親しみやすい雰囲気の彼に胸のときめきが止まらない。

「明日の朝、平熱だったら出かけましょう」

「その飴《あめ》と鞭《むち》はどこで覚えたんだ？」

ふいに顔を近づけられて、涼しげな眼差しでじっと見つめられる。誘惑するような視線に射すくめられ、心臓が早鐘を打ち始める。

「寿々？」

そっと唇が重なり、甘く上唇と下唇を食《は》んでから離れて、再び私を見つめる。

「覚えたわけじゃないです……しいて言えば、今が初めてかと」

「そうなのか？　付き合っているときも君は手のひらで俺を転がしていたんじゃないか？」

本当にそうだったらと、想像したらおかしくて吹き出してしまう。

「いいえ。とんでもないです」

「そうだろうか……？　記憶のない今でさえ、寿々に抱く気持ちは愛なのに、記憶を失う前はベタ惚《ぼ》れだったんじゃないか？」

〝愛〟――そうだったらどんなにうれしいか……でも、それはそばにいるのが私しかいないからだ。

「何も言いませんからね。記憶を取り違えてほしくないですし。もう十七時ですね。お夕食を選びましょう」

すでに話をしていないせいで、彼は私を愛していると思い込ませてしまっているが……。

テーブルの上に置いていたメニューのファイルへ腕を伸ばして取り、開いてから優心さんに見せる。

少しこってりしたものが食べたいというリクエストで、スペインチーズのサラダ、イカのフリット、そしてお米を希望した優心さんはパエリアに決めた。

翌朝、コーヒーとミルクの香りに、眠りから浮上して瞼を開ける。

「おはよう」

マグカップを持った優心さんがベッドの端に座っていた。

「おはようございます。早いですね」

「ああ。目が覚めて日の出を眺めていたよ」

装具をつけているので私の手伝いがなければ着替えられないが、モスグリーンのサテンのパジャマを着ているものの、日の出を眺めていたと言うので、ずいぶん前から起きていたらしい。

「そうだったんですね」

上体を起こすと、カフェオレの入ったカップを渡される。

朝、ベッドの上で飲み物を飲むなんて初めての経験だ。外国の映画のワンシーンみたいでドキドキしてくる。

「いただきます」

ひと口飲んで、温かくて甘いカフェオレが喉元を通っていく。

バーカウンターにカプセルを入れるコーヒーマシンがあるが、片手で用意するのは大変だっただろう。

「朝食を食べたら、観光に出かけよう」

「元気をアピールしていませんか？」

「もちろん。アピールしている。熱はない」

それは本当なのだろう。熱があったら、早起きして日の出を見ないだろうし。

「わかりました。じゃあ、観光へ連れて行ってください」

そう言って、カップに口をつけた。


優心さんが最初の観光地に選んでくれたのはパルマ大聖堂で、そこはカタルーニャ・ゴシックの傑作だと言われている。

何よりも楽しみだったのは、内部のステンドグラスや天蓋装飾はガウディによるもので、じっくり時間をかけて見学する。

荘厳な建築物に目を奪われる。

それだけで午前中が潰れ、旧市街地の小さなレストランで食事をとり、その後、ホテルの専用車でパルマ湾を見下ろすようにして立っているベルベル城へ向かった。

ベルベル城は、十四世紀のマヨルカ王の夏の別荘として建てられ、その後、軍用刑務所にもなったが、現在は島の観光スポットだ。

円形の城は二階建てで、高台にあるため屋上に行くとパルマの町や海、反対側には緑の山々が見られ、とても景色が良かった。

一週間が瞬く間に過ぎていく。

私たちは毎日あちこち観光に出かけた。普段は会社とワンルームマンションの往復だけだったことを考えると、ここでは信じられないほどたくさん歩き、とても健康的な生活を送っている。

食事もおいしいし、マヨルカ島を探索するのは新しい発見ばかりだ。

優心さんとの関係も穏やかで隙あらばキスをされるが、それも心地良く感じている。とても充実した日々で、今まで生きてきた中で一番楽しい。

優心さんの肩の具合も良くなっているようで、テレビ電話で医師に状態を確認してもらい装具はアームホルダーに変わった。

順調に行けば、アームホルダーもマヨルカ島を離れる頃には外せるようだ。

少し身軽になった今日は、ホテルのあるパルマから車で一時間ほどのドラック洞窟へ来ていた。

島内に洞窟はいくつかあるようだが、ここが最も大きいらしい。

人気の観光地で、西洋人だけでなく東洋人の観光客もたくさんいる。

中ではボートに乗り地底湖からライトアップされた鍾乳洞を見学するところもあっ

た。かなり観光地化された洞窟で混んでいたが、それでも長い年月をかけて作られた乳白色の鍾乳洞《しょうにゅうどう》は美しい。

「鍾乳石がライトに当たって壮麗ですね」

「ああ。神秘的だな」

ボートは窮屈《きゅうくつ》そうだが、優心さんも楽しんでいるみたいだ。

見学が終わり、次に優心さんが選んだ場所に到着した。

「マジョルカ・パール……？」

「ああ、真珠工場だ。ここの真珠をハネムーンの記念に寿々に贈りたい」

「ハネムーンの記念……」

偽りのハネムーンでプレゼントはもらえないと首を左右に振る。

「何を遠慮している。行こう」

マジョルカ・パールは人工的に真珠を再現したもので、優心さんがスタッフに伝えたのは、ここで採れる天然真珠だった。

自然なものは希少価値だと、スタッフが持ってきて話している。

「私は人工のものでかまいません」

「却下。パールは色々なシーンで重宝するはずだ」

テーブルの上に、十種類ものシンプルなネックレスが並んでおり、大きさによって値段も変わってくる。

数種類の大きさのパールネックレスを着けてみて、まだ若いということもあり、それほど主張しない中間のものに決まった。

それから普段使いができるように、不揃《ふぞろ》いのパールのトップに大きなパールがついたネックレスを優心さんはプレゼントしてくれた。

今、着ているスクエアネックのマキシ丈ワンピースに華を添えてくれる。

「素敵なネックレスをふたつも。ありがとうございます」

「俺の妻なんだから、俺が贈ったものを身に着けてほしい。よく似合っている。さてと、戻ってゆっくりしよう」

優心さんと手を繋ぎ、待っている車に足を運んだ。

六、葛藤する心

バルセロナへは明後日発つ。

マヨルカ島を離れると思うと、寂しい気持ちに駆られる。

複雑な心境を抱えていたものの、ここに来られてとても幸せだった。

優心《ゆうしん》さんへの愛が深まり、その想いがだんだんと強くなって、彼が記憶を取り戻すのが怖くなっている。

本当の妻のように扱ってくれ、優心さんからも愛を感じられるからだ。

でも、記憶を思い出したら……また契約上の妻に戻ってしまう。

テラスの手すりに手を置いて物思いにふけっていると、優心さんがやって来て頬に唇が触れる。

「どうした？　考え事か？」

隣に立った優心さんは私の顔を覗《のぞ》き込むようにして注視する。

「え？　あ、もう明後日にはここを離れるんだなと思ったら寂しくて、景色を見ていたんです」

「もう二週間が経つのか。早かったな」

「はい。のんびりできましたね」

「ああ。ここを選んで良かった。そうだ。明日こっちの病院で肩を診てもらう」

「もしかして痛みが……？」

驚いて彼の肩へ視線を向けると、優心さんは首を横に振る。

「いや、痛みはまったくないから、そろそろアームホルダーも外せるのではないかと思って。東京《とうきょう》の主治医に確認したら、医師に診てもらった方がいいと言われたんだ」

「あ……そうなんですね。ちゃんとお医者様に診てもらった方が良いですものね」

「そろそろ身軽になりたい」

たしかにアームホルダーだけでもストレスになるだろう。

「毎日、寿々《すず》に体を洗ってもらっていたが、今度は俺が君に奉仕する番だ」

その言葉にドキッと心臓が跳ねる。

「ほ、奉仕なんてしなくていいです。大事な旦那様だからお手伝いしただけで」

「もう俺が君に触れたくて限界なんだ」

彼の左手の指が私の髪を滑り、何度か梳《す》く。

甘い瞳にほだされそうになるが、右太腿の醜《みにく》い傷を見たら抱きたい気持ちなんてなくなるだろう。

「……アームホルダーが取れたら、明日の夜はお祝いをしましょう」

たくさんアルコールを飲んでもらい、酔っぱらってしまったら、そうした心配はなくなる。

ただそれが遂行されるかわからない。彼はお酒に強いから。

でも、ここへ来てアルコールは食前酒程度にセーブしていたから、久しぶりに心ゆくまで飲んでもらったら酔うかもしれない。そうは言っても、それはその場しのぎにしかならないのは十分承知している。何か考えなければ……。

「ああ、そうしよう。あちこちのバルで色々なタパスを楽しむのもいいな」

スペインの人々は、その店の名物のタパスを食べて、アルコールを飲んでは別のバルへはしごする文化がある。

「バルのはしごをしましょう。してみたかったんです」

「明日の夕食は決まったが、今夜はどうする？　もう十八時になる。フレンチ、イタリアン、寿司、寿々が決めて良いよ」

「う～ん、悩みますね。じゃあ……イタリアン……にします」

「ＯＫ。予約をしてくるよ」

優心さんは笑みを浮かべて、テラスから室内へ入って行った。

翌日の午後、十五時に予約した病院へ赴《おもむ》き、肩の状態を診てもらった。

レントゲンを撮り終え、診察室で肩から腕の調子を確認しているのを、私は優心さんのそばで見守っている。

完治してほしいが、不安要素が多すぎて気持ちが落ち着かない。

男性医師と優心さんの英会話が早すぎてあまり聞き取れないが、問題はないようにくみ取れる。

優心さんも笑っているので、アームホルダーはなくてもいい診断のようだ。

彼は男性医師と握手をしてから椅子《いす》を立ち、私の背に両腕を回して抱きしめる。

人前で抱きしめられ、顔に熱が集まってくる。

「寿々、リハビリは必要だがもう動かしてもいいとＯＫが出たよ」

「おめでとうございます」

「ありがとう」

私から離れた彼は、立ち上がった男性医師ともう一度握手を交わした。それから私の手を握って診察室をあとにした。

自由になった優心さんは本当にうれしそうで、本来なら私も喜ぶところなのだが。

はぁ……今日はアルコール作戦で逃れられたとしても、明日も、明後日もある。

専用車でホテルへ戻り、部屋へ行く前に一階にあるレディースブティックへ連れて行かれる。

「あ、お義母様《かあ》のお土産を選ぶのですね？」

「母のじゃない。寿々の服だ。ここで選んで、着替えてからバルへ行こう」

「洋服は持っていますし、必要ないですよ？」

「何枚あってもいいだろう？　これなんかどうかな？」

トルソーに掛けられているノースリーブのミモレ丈の赤いワンピースを勧められる。

そのワンピースにギョッとなる。

右側のスカート部分の太腿までスリットが入っていたのだ。

「これは……セクシーすぎます。もう少しおとなしめのものを選んでください」

「では、これは？」

ビタミンカラーの黄色の半袖のワンピースは胸の辺りがかなり深いが、これなら持っている白いカーディガンを合わせれば着られそうだ。

「はい。これがいいです」

優心さんがスタッフに私のサイズを告げると、スタッフは奥から新品を持って戻ってくる。

支払いを済ませ部屋に戻ってワンピースに着替え、先日プレゼントされたカジュアルなパールのネックレスを身に着けた。

支度を済ませてリビングへ歩を進める。

ソファに座っていた優心さんは立ち上がり、私に近づきながら笑みを深める。

「よく似合っている。情熱の国スペインのロケーションにピッタリだ」

「ありがとうございました。明るい色なので、気分も晴れやかです」

両肩に手を置かれ、彼の唇がおでこに触れる。

「やっぱり右腕が動くのはいいな。寿々をちゃんと抱きしめられる」

その言葉通り、ギュッと抱きしめられ、早くも心臓が暴れてくる。

「おつかれさまでした。お義父《とう》様とお義母様にアームホルダーが取れた報告をしましょう」

「ああ。あとでしよう。まずはバルへ出かけようか」

「寒くなるかもしれないのでカーディガンを取ってきます」

彼から離れ、クローゼットへ向かい、その間に暴れている鼓動を鎮めなければと深呼吸を何度もした。


ホテル近辺にバルは何件かあり、どこも賑《にぎ》わっている。

私たちは塩漬けのウインナーやマッシュルームの中に生ハムが詰められたピンチョスをおつまみに、グラスビールで快気祝いの乾杯をする。

「事故から三週間か……事故前も幸せだったのだろうが、今は常に寿々がそばにいてくれて毎日が楽しいし、きっとさらに幸せだとわかる」

どうしよう……。何も話せないせいで勘違いしている。

喉まで契約上の結婚だと出てきているが、ビールで流し込む。

記憶が戻ったら、彼はこんな発言をした自分を恥じるだろう。

優心さんも笑顔でビールを飲み干し、通りかかった店員に追加注文する。

すぐにふたつのグラスに入ったビールが届く。

私のグラスにはまだ半分ある。それほど強いわけでもないので、なるべく飲まないのが一番だ。

今の目的は優心さんに酔ってもらうこと。

「ここのソーセージおいしくてビールに最高ですね」

「ああ。これを飲んだら次のバルへ移動しよう」

「このビールは優心さんが飲んでくださいね」

「あまり飲めないんだったな。ＯＫ。寿々はゆっくり飲むといい」

バルの賑やかな雰囲気《ふんいき》に、優心さんも楽しそうだ。

それから四軒のバルでワインやタパスを食べ歩き、おなかがいっぱいになったところで店を出る。

優心さんは恐ろしくお酒が強い。ほとんど表情が変わらないし、足取りもいつもと同じだ。

でも、あと一杯飲んだら急に酔いが回るかもしれない。

「マヨルカ島の最後の日なのでプールサイドで飲みませんか？」

「プールサイドで？」

「はい。まだこの雰囲気を楽しんでいたいんです」

「わかった。そうしよう」

ホテルのロビーからプライベートビーチに出るまでの楕円形のプールがあり、そこでカクテルやビールなどのアルコールを提供している。

時刻はまだ二十二時を回ったところで、二十四時まで開いているようだ。

プールサイドのテーブルに座ると、スタッフが注文を取りに来る。

誘った手前、オレンジジュースベースのカクテルを頼み、優心さんはバーボンに決めた。

プールではまだ泳ぎを楽しんでいる若い男女がいたが、彼らもテーブルについてアルコールを飲み始めた。

「けっこう気温が下がってきていますが、寒くないのでしょうか？」

日中は暑いのでプールや海で楽しむ観光客は多いが、陽が落ちると何か羽織らなければ肌寒い。

「見たところ寒くはなさそうだ。バカンスを楽しんでいるんだろう」

そう言ったとき、フロントスタッフが優心さんの元にやって来て何か話をする。

彼は「すぐに行きます」と言って、フロントスタッフが離れて行く。

「寿々、少し席を外す。飲んで待ってて」

「わかりました」

何かあったのだろうか。不安になりながら、優心さんがテーブルを離れるのを見送り、届けられたカクテルをひと口飲む。

そこへ先ほどのカップルが再びプールの中へ入り、自分たちの世界を楽しんでいる。

何気なく眺《なが》めていたが、今まで仲が良かった男女は突然言い合いをし出して、びっくりする。

ジェスチャーを交えた荒々しい口げんかに目を丸くしていると、男性の方がプールから出て行ってしまった。

女性の方は腹立ちまぎれに泳ぎ始める。

少しして、泳いでいた女性が急にその場でもがき始めた。

「え!?」

足でもつったのか、誰も溺《おぼ》れる彼女を見ていなくて、サンダルを脱ぎ無我夢中でプールに飛び込んだ。

クロールで彼女のもとへ行き、体に腕を回す。深いところで足がついて、顔を出せるかというくらいで、『大丈夫だから、おとなしくして』と英語で話して、プールサイドに向かって泳ぐ。

「寿々！」

優心さんの叫《さけ》ぶ声が聞こえ、こちらに駆けてくる。

女性を引っ張ってプールサイドに着いたところで、彼女をホテルスタッフが引き上げてくれ、私は優心さんの腕を借りてプールから出た。

私の体にホテルのバスローブが掛けられる。

タオルも渡され、びしょ濡《ぬ》れの私を優心さんが拭《ふ》いてくれる。

「大丈夫か？」

「は……い」

寒さに震えが出る。

助けた女性はやはりふくらはぎをつったようで、座ったまま自分でマッサージしている。

『ありがとう。あなたがいなかったら、大変なことになっていたわ。泳ぎがとても上手なのね』

ラテン系の容姿だけど、英語で感謝の言葉を言われた。

「泳ぎが上手？　どういうことだ？　君は泳げないと言っていたよな？」

優心さんが眉根を寄せる。

「あ……」

ここへ到着した日、水着にならないために泳げないと嘘《うそ》を吐《つ》いたのだ。

「何を隠している？」

「か、隠して、なんかないです……」

しどろもどろの私の手を掴《つか》んだ優心さんは、プールサイドを離れエレベーターホールに向かう。

泳げるのに泳げないと言ったことを怒っているのだろう。

優心さんの部屋に向かう足は大股の早足で、手を繋がれている私は小走りだ。

どうしよう……。

嘘を吐いていたことを謝らなければ。

「優心さん」

彼の背中に向かって声をかける。

「部屋に入ってから話そう」

至極冷静な声のあとエレベーターに乗り込むが、まだ手は離されない。

最上階に到着し廊下を進んだ先のスイートルームに入る。

その頃には濡れた服で体が冷えてしまって小刻みに震えていた。

私の様子を見て取った優心さんは私をリビングルームに残し、バスルームへ消えていく。

すぐに戻ってきた彼は白いタオル地のバスローブを持ってきた。

「バスタブの湯を溜《た》めている。そのバスローブと服を脱いで、これを着るんだ」

この場で脱げと指示をされて、ギョッとなる。

彼の前で脱げるわけがない。

「だ、大丈夫です」

「何を言っているんだ？　震えているじゃないか。このままだと風邪を引く」

優心さんは顔を顰《しか》め、肩に掛けていたバスローブを取り払ってしまう。

「本当に！　本当に、平気、なので」

「俺たちは夫婦なのに、何か違和感がある」

「い、違和感なんて、な、ないです」

上ずってしまうのは寒さと動揺からだ。

「泳げるのに、泳げないと言ったのは？」

寒さを堪《こら》えるために両手を体に回す私の両肩に優心さんの手が置かれた。

「それは……」

私の瞳を捉える漆黒の瞳。それに囚《とら》われたように逸《そ》らすことができない。

「……記憶を取り戻すのは優心さん自身で、話せないんです」

「あのとき、わざわざ泳げないと言う必要はなく、ただ単に〝そうね〟と返事をすれば良かったのではないか？　君は嘘までついて俺と泳ぎたくなかった。それはなんでなんだ？」

「い、意味は——」

「寿々、ちゃんと答えてくれ。記憶がないのがもどかしい」

眉根を寄せ、苦しみに満ちた表情の優心さんにハッとなる。

事故から三週間、私の前でこんなところを見せることはなかったが、彼は抜け落ちた記憶を取り戻せずに内心焦りや戸惑いで疲弊していたに違いない。

「俺たちは……」

優心さんは私を見つめ、言葉を切る。何を言うのか不安で私の心臓が暴れている。

彼は躊躇《ためら》ったのち——。

「本当に夫婦なのか？」

ドクンと鼓動が跳ね、瞬時に首を左右に何度も振って彼から一歩離れる。

「事実です！」

「だが、俺と君に距離があるように思える。触れるたびに、肩が跳ねているじゃないか」

これ以上は誤魔化《ごまか》しようがなく、追い詰められている。

「寿々、答えてくれ」

「……嘘を吐いたのは……高校のときの事故の傷跡があって、見られたくなかったからなんです」

「傷跡？　どこにあるんだ？　俺は見たことがあるんだろう？」

「それは……」

ないと言えば、夫婦ではないのだと再び疑念を抱くだろう。けれど、八方塞《ふさ》がりの今、嘘は吐けなかった。

「見て……いない……です」

「どういうことなんだ？　俺たちは夫婦なんだろう？　なぜ見ていない？」

もう一度両肩を掴まれて問い詰められる。

「……ここにある醜《みにく》い傷跡のせいで、結婚するまでは見ないでほしいとお願いして、体の関係はなかったんです」

手で右太腿の横を押さえる。

こんな理由ですんなり優心さんが納得するわけがないはずだが、そう言っていた。

このまま夫婦の関係が続いて優心さんに愛されればと、気持ちが揺らいでいたせいもあって、嘘に嘘を重ねてしまっている。

「結婚までセックスはしなかったと？　俺がそれを了承した？」

「私たちは結婚するまで時間がなかったんです。結婚した日は、じ……実家に用事があって戻れなかったので、麻布《あざぶ》の家には優心さんだけで……していないんです」

「結婚当日まで待っていたのか……俺は相当君を愛していたんだな」

次の瞬間、私の体が抱き上げられた。

「きゃっ！　下ろしてください！　お、重いです。肩に負担がかかります」

「おとなしくしててくれ」

お姫さま抱っこでバスルームまで連れて行かれる。

また肩に異常をきたしてしまうのを恐れて、じっとして運ばれるままになっていたが、心臓は口から飛び出そうなほどドクドクと暴れている。

〝相当君を愛していたんだな〟なんて思わせてしまった。……私のせいで、また誤解が……。

洗面所で静かに下ろされ、カーディガンに手がかかり脱がされる。

「右太腿と言ったな？　見せてくれ」

「だ、だめです」

「夫である俺に見せられない？　どんなひどい傷でもかまわない。傷を見られて俺の愛が冷めるとでも思っているのか？」

その愛は偽りなのに……。

「優心さん……本当に……」

「本当になんだ？」

「記憶が戻ったとき、後悔をするはずです」

黄色のワンピースの上から腿をそっと撫《な》でられ、ビクッと肩が跳ねる。

「寿々の反応はまるでバージンだな……そうか、傷のせいで一度もしたことがないのか？　これがコンプレックスで？」

「そ、そうです。おぞましくて見るのも嫌なのに。お願いです。見ないでください」

そう言っている間も、優心さんは片足の膝を大理石の床につけ右太腿の上から手を当てそっと撫でる。

「優心さんっ」

足を引きたいのに、触れている手から放せないでいる。

「君が心に受けていた傷は俺が受け止める。傷なんて気にならなくなるくらいに」

スカート部分がめくられ、ギュッと目をつぶった。

ふいに傷跡周辺に手ではない温かい感触を覚え、ビクッとなり目を開ける。

彼は傷跡に唇を当てていた。

「ゆ、優心さん！　汚いからやめて」

「汚いのは俺の唇？」

「違います！　私の傷――」

「汚いものか。寿々にとってはコンプレックスになった傷だが、どんな事故にしろ、もっとひどい傷を負っていたかもしれない。命がなくなっていたかもしれない。そう考えたら、この傷だけで君が元気でいてくれたのは俺にはうれしい」

彼の思い違いに胸が締め付けられる。

話すなら今……。

「私……」

優心さんはすっくと立ち上がり、私の顎に手をかけて上を向かせた。

「寿々、俺はなんとも思わない。俺には君が思うほど、ひどい傷じゃないように見える」

真摯《しんし》に見つめる顔が近づき、唇が塞がれる。

私が思うほど、ひどい傷じゃない……。

ずっとこの傷跡にコンプレックスを持っていた私に、自信を持たせてくれる魔法の言葉だ。

キスをされながらワンピースが脱がされるのがわかったが、傷跡を見られ唇で触れられた今はもうかまわなかった。

とはいえ、これから一糸まとわぬ素肌を見られるのは恥ずかしい。

優心さんの記憶が戻ったとき、私を愛していなかったことがわかってしまう。

けれど、男性は欲望のままに女性を抱けると聞いたことがあるから、私とセックスしても気にならないでいてくれるだろう。

ブラジャーとショーツを脱がされ、抱きしめられキスをする。

「俺たちは夫婦だ。ありのままの君でいればいい。俺も脱ぐから先にバスタブの中へ入って」

バスルームのドアが開けられて入るように促される。

円形の広いバスタブはすでに湯がたっぷりで、かけ湯をしてから体を沈める。

ドキドキが止まらない。

冷え切った体に、温かさがじわじわと染み入る。

もうここまで来たら考えても仕方ない。いっときの関係だけれど、優心さんに愛されたい。

私にもっともっと自信を持たせてほしい……。

膝を抱えている手をギュッと握ったとき、ドアが開き優心さんが入ってくる。

彼の裸体はもう何度も目にしているが注視できずに俯《うつむ》いていると、私の前に腰を下ろした。

「寿々、俺はそんな傷など気にならないが、君がこれに囚われているのであれば手術をして消すことも可能だ」

「手術……?」

「ああ、そうだ」

優心さんの手が右太腿を撫でる。それからウエストに腕が回り、くるりとうしろを向かされて、背後から抱きしめられた。

胸が大きな手のひらに包み込まれ、首筋に唇が当てられる。尖《とが》らせた舌で舐め上げられ、思わず声が漏《も》れる。

「あっ……」

胸の頂《いただき》が指で弄《もてあそ》ばれ、気持ち良さにぶるりと体に震えが走る。

首筋から肩に唇は移動し、肌に吸いつくようにして舌が這《は》う。その間も胸は揉《も》みしだかれ、硬くなっていく頂は指や指の腹で愛撫《あいぶ》され、快楽の波に呑《の》まれそうだ。

「愛している。寿々がいなかったら、こんなに幸せな気持ちになれなかっただろう」

「優心さん……」

彼が今幸せならいい。

私も幸せだ。

体の向きを変えた私は、優心さんの膝の上に乗せられ、唇を重ねる。やんわりと食《は》むようなキスから舌が口腔内に侵入すると、すぐさま激しいキスに変わった。

「……っ、あ……はぁっ……」

バスルームからベッドに移動してからも、優心さんの愛撫は私を翻弄《ほんろう》し、快楽の大きな渦《うず》に呑み込んでいく。

「寿々、愛している」

「……っ、あ……、私も愛してます」

優心さんの舌先は右太腿の長い傷跡をツーッとゆっくり這う。

「この傷だって、俺には愛しい」

優しさが染みわたる言葉に涙がこぼれ、シーツを濡らす。

「ずっと悩んでいたんだな。かわいそうに……」

目尻を流れる涙が彼の唇に吸われる。
「もう限界だ。寿々が欲しい」
「私も……」
早く愛してほしい。
その思いはどんどん強くなっていく。
箍《たが》が外れたように、優心さんは私を抱き、甘美な世界へ連れて行った。
翌朝、いつもと違う肌の感触に一気に眠りから覚めて瞼《まぶた》を開ける。
優心さんの寝顔が目に飛び込んでくる。
裸で腕枕をされ、彼の体に密着していたせいで、いつもと違ったのだろう。
幸せってこういうことなのだと、しみじみ思う。
でも、この幸せは彼の記憶が戻ったら終わるのだ。
記憶が戻っても愛し続けてほしいと願うが、優心さんの気持ちは計り知れない。
今日は十一時のフライトで、この島を発ちバルセロナへ向かう。
今、何時……？
いつも七時にかけている目覚ましはまだ鳴らないから、寝坊しているわけではない。

優心さんからそっと離れようと体を起こしたとき、右手の薬指に見慣れないリングがはめられていることに気づく。

「これ……」

パールの周りにダイヤモンドがサークル状に囲んでいるリングだ。

とてもゴージャスで美しく、目を見張る。

彼へ視線をずらすと、口元を緩ませて私を見ていた。

無防備に素肌を晒《さら》してしまい、慌てて横になって布団を胸の位置までかける。

そんな私に優心さんはおかしそうに笑う。

「おはよう。プレゼントは気に入った?」

「寝る前にはなかったから驚きました。もちろんとても素敵な指輪で気に入りました」

「良かった。昨夜、プールサイドで席を外したのは、これが届いたからなんだ」

「そうだったんですね。何かあったのかと思いました。指輪、ありがとうございます」

「礼なんていいんだ」

優心さんの顔が近づき、唇が甘く塞がれた。

十一時、幸せな気分のままパルマ・デ・マヨルカ空港を発ち、バルセロナ・エル・

プラット空港へは一時間後に到着した。

バルセロナはスペインの地中海沿岸に位置し、首都のマドリードに次ぐ観光都市だ。観光の見どころが多く、一番の目的であるサグラダファミリアがあるので、楽しみにしていた。

空港からホテルまでは迎えの車で三十分。

バルセロナの人気スポットからほど近いホテルで、マヨルカ島のホテル同様、最上階のラグジュアリーなスイートルームだった。

この旅行でどれだけの旅費がかかっているのか考えるだけでも恐ろしいが、これが優心さんの普通なのだろうと思うようにした。

そんなことを考えながら、贅沢《ぜいたく》な部屋に歩を進めて窓に近づく。

レースのカーテンを開けて、巨大なサグラダファミリアの上部三分の一が目に飛び込んできて息を呑《の》んだ。

完成までには三百年かかると言われている、世界的有名な建築物に感嘆の声が漏《も》れる。

「優心さん！　サグラダファミリアが見えます！」

振り返ろうとすると、優心さんはすぐうしろまで来ていて、私の腰にたくましい腕が回り、頬に顔が寄せられる。

つまり背後から抱きしめられた格好だ。

昨晩、愛を確かめ合ってから、優心さんは蜜のように甘くて、本当のハネムーンのような気がしてきた。

ううん、優心さんの記憶が戻るまで……。

そう思ってしまう気持ちを振り払うように、今を楽しむことに集中する。

「気に入った？」

吐息が耳に触れてくすぐったい。

「とても。私のために選んでくれたお部屋なんですね？」

彼の腕の中で体の向きを変えて、にっこり笑う。

「ああ。これで一週間、毎日ここから好きなときに眺《なが》められるだろう？」

「ありがとうございます。本当に大きいですね」

「喜んでくれてうれしい」

優心さんの唇に再び甘く塞がれ、抱き上げられそうになるところを止める。

「ベッドへ行こう」

「だめですよ。行きたいところがたくさんあるんですから」

すると、彼は笑いながらため息を漏《も》らす。

「わかった。昼間は寿々を楽しませよう。夜の君の時間は俺のものだからな」

夜は優心さんのもの……。

考えただけでも顔が熱くなってくる。

「か、肩は大丈夫ですか？　無理をしないでくださいね」

「痛みはまったくないよ。調子がいいくらいだ。あとは記憶だけだ。寿々との思い出が欠如しているのは残念だが、知らなくてもいいかもと思っている。仕事の件はすぐに取り戻せるしな」

「私もそう思います。もちろん、優心さんの気持ち次第ですが」

「ああ。いつかは思い出せるかもしれないが、今が最高に幸せだから焦る必要もなく気分がいいんだ。では、出かける支度をしよう」

優心さんに促され窓辺を離れ、洗面所でメイクをサッと直して彼の待つリビングルームへ戻った。

彼が手配した車でまず向かったのはサグラダファミリアだが、昼食がまだなので近くのレストラン前で降りて、パエリアを食べてから徒歩で向かった。

目の前にそそり立つ世界有数の観光スポットはさすがに観光客が多く、入り口はごった返している。

ここでも優心さんは抜かりがなく、英語だがガイドツアーの予約をしており、並ばずに中へ入ることができた。

約一時間半のツアーはガイドが案内をしてくれ、より建物の歴史を知れて始終感嘆の声を上げていた。

ガイドのわからない言葉は、優心さんが通訳してくれ、滞りなく見て回る。

壮麗なステンドグラスや彫刻などは、いつまでもその場で眺《なが》めていても飽《あ》きない。

ガイドが終わったあともしばらく見て回り、サグラダファミリアをあとにしたのは十六時近かった。

指と指を絡めるいわゆる恋人繋《つな》ぎをして、徒歩で街を散策する。

「優心さん、ありがとうございました。たっぷり堪能できました」

「外からは見ていたが、俺も中へ入ったのは初めてで〝素晴らしい〟のひと言に尽きるな」

感想を話しつつ、ゴシック地区とラバル地区の間にあるランブラス通りを歩いている。

世界で最も美しい通りだと称賛されているらしく、石造りの建物が立ち並び、彫刻のオブジェや美しい花が店の前で彩りを添えている花屋、土産物店などもある。

近くには市場もあるようで、マヨルカ島とは雰囲気が違う街を歩くのが楽しかった。


翌朝、目を覚ますと隣に優心さんの姿がなかった。

隣に寝ていた枕のくぼみに手をやってから、シーツを撫《な》でる。

優心さんから愛された体は気だるくて、彼に抱かれていると幸せを感じる。

そこへバスローブ姿の彼が現れる。

髪が濡れているので、シャワーを浴びてきたようだ。

「おはよう」

「おはようございます」

優心さんはベッドの端に腰を下ろし、ギシリとベッドを軋《きし》ませながら顔を近づけキスをする。

「俺が起きたとき、微動だにしないで眠っていたよ。疲れさせたか？」

昨晩と明け方のことを言われて、かぁっと顔が熱くなる。

優心さんに愛されるのはうれしいが、面と向かって思い出させられると恥ずかしい。

「ゆ、優心さんは早起きで元気ですね」

「もちろん今が一番体調がいい。寿々はすぐに顔が赤くなる。まだベッドから出したくないな」

からかう彼の長い指が頬に触れ、もう一度唇に啄《ついば》むようにキスされた。


朝食はルームサービスで運ばれてきた。

テラスのテーブルに白いテーブルクロスが掛けられ、ゆったりとサグラダファミリアを眺めながら朝食をいただくのは至福の時だ。

今日の行き先など会話を弾《はず》ませていると、テーブルに置いてあった彼のスマートフォンが着信を知らせた。

「樋口《ひぐち》秘書だ」

私にそう言って、通話をタップしてスマートフォンを耳に当てる。

怪我《けが》の具合を尋ねられたようで、答えているのがわかる。それから「アクセスしてもかまわない」と言ったあとに、「父さん」と優心さんは口にした。

電話は社長に変わったようだ。

「ええ。肩の痛みもなく元気で楽しくやっています。記憶はまだ戻っていませんが、帰国しても仕事には差し支えないはずです。あと約二週間ですね。その頃には契約も終わっているでしょう？　寿々に代わります」

優心さんはスマートフォンのスピーカーをタップしてテーブルに置く。

「お義父様《とう》、寿々です」

《やあ、寿々さん。そっちはどうかね？　優心はハネムーンを満喫しているようだ》

「はい。昨日は念願のサグラダファミリアを見学して素敵《すてき》な一日を過ごしました。マヨルカ島も素晴らしかったです」

《今、バルセロナか。マドリードも行くんだろう？　こちらの心配はしないでいいから、楽しんできなさい。優心にもそう伝えてくれ》

会話がスピーカーになっているとはわからないので、優心さんは私にうなずく。

バルセロナで一週間滞在したあとは、マドリードに移動し一週間過ごして帰国する予定だ。

「わかりました。優心さんに伝えておきます。お義母様《かあ》にもよろしくお伝えください。それでは失礼いたします」

《ああ。わかった。じゃあ》

通話が切れる。

サマータイム期間なので日本との時差は七時間。日本は今、十四時二十分だ。

「さっきアクセスしてもかまわないと言っていたのは……？」

「パソコンだ。田沢《たざわ》君が一週間休暇を取っているらしい」

「田沢さんが……めずらしいですね。でも、専務がいないときくらい休まないと」

私たちが日本を発って三日後に、田沢さんと運転手さんの頸椎カラーは取れたと聞いている。

「そうだな。彼は真面目人間だから、緊急時以外は有休を取らないからな。俺が戻るまでに一週間は休むように言ったから休暇を取ったんだろう」

優心さんは微笑《ほほえ》み、コーヒーの入ったカップに口をつけた。

ゆったりとした朝食の時間を過ごしたあと、部屋をあとにして街に出る。

ガウディの晩年の建築物である〝カサ・ミラ〟は波打つ外観を持ち、居住者もいるが博物館にもなっている。

グエル公園もガウディ建築が至る所にあって、各所に施されたモザイクタイルも素敵で、見晴らし台にある波打つベンチからサグラダファミリアやバルセロナの街が一望できて魅了された。

その他にも、ガウディの残した建築物やピカソ博物館、サンタ・エウラリア大聖堂などをバルセロナ滞在中、飽くことなく見て歩き回った。

優心さんは私が興味を持った建築物、行きたい場所など、進んで連れて行ってくれ、とても頼りになるし、何よりもそばにいて一緒に笑い、感動してくれて彼といると幸せだ。

バルセロナ市民の台所と言われている市場で、オリーブオイルやチョコレートなどをお土産に購入し、優心さんと見るものすべてが新鮮で楽しい日々を過ごした。

マドリードへ出発前の午前中、空港へ向かう車に遠回りをしてもらい見納めにサグラダファミリアへ行ってもらった。

車から降りて、そびえ立つ未完成の巨大な建築物を改めて眺める。

「寿々がまた来たいのなら、来年のバカンスもここへ来よう」

その言葉はうれしいが、実現はしないはず。

「甘い旦那様ですね」

「君の願いはできるだけ叶《かな》えたいと思っている」

腰に腕が回り、しばらくその場に佇《たたず》んでから、車に戻り後部座席に並んで座る。

車はバルセロナ・エル・プラット空港へ向けて、街中を走り始める。

もう少しで街を抜けるところで、突然急ブレーキがかけられ、うしろにいた私たちの体が前にグッと引っ張られる。

シートベルトのおかげで前に飛び出さずに済んだ。

急ブレーキの原因のバイクは走り去って行き、運転手は悪態をついてから後部座席へ振り返る。

『申し訳ありません！』

運転手から英語で謝られ、優心さんは『バイクが悪い。気にしないで』と答えている。

再び車が走り出し、優心さんは私に顔を向けて手を握る。

「驚いただろう？　どこか痛めなかったか？」

心臓が暴れているが、平常心を取り戻そうと深呼吸をしてから答える。

「私は平気です。優心さんは大丈夫ですか？」

「ああ。大事に至らずに良かった」

彼はやんわりと笑みを浮かべて、握られた手は空港へ着くまで離されなかった。

二十分後、バルセロナ・エル・プラット空港の出発ロビーに到着し、チェックインを済ませる。

アドルフォ・スアレス・マドリード・バラハス空港までは一時間三十分ほど。

機内に乗り込み離陸したあと、優心さんは「久しぶりにクラシックを聴くよ」と、ヘッドホンをセットして目を閉じたあとは微動だにしない。

眠っているの？

私よりも先に眠ることはほとんどなく、なぜだか悪い予感がする。

先ほどの衝撃が、何か悪い影響を与えていなければいいのだけれど。

七、記憶が戻るのは突然に（Side優心）

マドリードへ向かう前、サグラダファミリアを見納めてから、寿々《すず》と車に乗り込み走り出してから少しして、突然、車が急ブレーキをかけた。

バイクがいきなり飛び出し、運転手の判断があと少し遅ければ事故になっていただろう。

運転手は俺たちに謝ったあと車を走らせ、俺は隣の寿々の様子を窺《うかが》った。

「驚いただろう？　どこか痛めなかったか？」

寿々は冷静さを取り戻そうとしているように見える。

「私は平気です。優心《ゆうしん》さんは大丈夫ですか？」

「ああ。大事に至らずに良かった」

そう言ったが、今の出来事で欠如していた記憶を瞬時にして取り戻していた。動揺を寿々に悟られないよう彼女の手を握った。

俺は彼女になんてことをしたんだ。

契約結婚を提案したときのことも鮮明に思い出した。

そうか……真実を話せない寿々の態度が腑《ふ》に落ちた。

彼女が泳げないと嘘《うそ》を吐《つ》いたのも、俺たちが結婚前にセックスをしたことがないと言ったときも、寿々の苦肉の策だったのだ。

彼女は名残惜しそうに、移りゆく景色へ目を向けている。

それなのに俺は寿々に……。

契約結婚については、俺と田沢《たざわ》君と寿々だけの秘密で、両親の手前彼女は旅行へ行くしかなかったし、俺は愛し合って結婚したと思っていたから、バージンの彼女に体を洗わせる苦行を強いてしまった。

寿々の気持ちを考えると、眉根がギュッと寄る。

そこで車はバルセロナ・エル・プラット空港の出発ターミナルに到着し、考えは中断した。

「優心さん、静かですがやはり肩を痛めましたか？」

車から降りた寿々は俺を気遣う。

心から俺を愛してくれているように見えるのは、今までの第二秘書としての献身的な気持ちからなのか……？

「いや、痛めていないから安心してくれ」

笑みを向ける寿々の頬へ、思わず指を滑らせる。

彼女は嫌がっている様子ではないのが、何よりも安心できる。

じっくり考える時間が必要で、機内の座席に落ち着くと「久しぶりにクラシックを聴くよ」と隣の彼女に言ってヘッドホンをつけて目を閉じた。

記憶が戻ったことを正直に話すべきか……いや、話をしたら寿々は秘書だった頃の関係に戻るだろう。

事故が起きてから一カ月間、寿々は献身的に俺を支えてくれ、魅力的な笑顔や思いやりに満ちたひとつひとつの言葉に惹《ひ》かれている。

彼女を愛していると思ったのも、あながち間違ってはいない。

記憶が戻った今でも寿々への気持ちは一時間前となんら変わっていないのだ。

業務中、第二秘書の彼女が執務室に現れると、表情は変えないものの気持ちが浮き立つのを常に感じていた。

平穏に縁談を断れる策を考えていたとき、寿々となら数年一緒に暮らせるのではないかと、彼女に結婚契約を提案した。

寿々も実家の金策に困り果てていたところで、俺たちの利害が一致した。

社内融資に通らなかった寿々の弱みを突いたとでもいうべきか……。

まさか結婚した翌日に、事故で怪我《けが》を負い、さらに記憶の一部を失うとはまったく想像だにしなかった。

俺は寿々と愛し合って結婚したものと思ったせいで、彼女は契約結婚の件を話すべきか葛藤したことだろう。

初心《うぶ》な寿々に入院中からキスをしたし、退院後は体を洗わせてしまった。

思い返してみれば、すべてが男に慣れていない躊躇《ため》いを見せる動きだった。

マヨルカ島の最後の夜、俺たちは結ばれたが寿々は嫌がっていなかったように思えた。

右太腿の二十センチほどもある引きつれた傷跡が彼女にはコンプレックスで、恋人を作らなかったようだ。

俺はその傷を見て気持ち悪いとも、嫌だとも思わなかった。

あのとき、寿々が生きていてくれてうれしいと言ったのは、記憶が戻った今も変わらない。

そして怪我で不自由だった体にもかかわらず、さほど苛《いら》つかずにいられたのは寿々がそばにいてくれたおかげだろう。

この旅行を振り返ると、寿々がそばで笑ってくれるのが当然のことで、彼女が楽しそうだともっと笑わせて幸せにしたいと思っていた。

この気持ちは……？

自分の胸に確かめるまでもなく、俺は寿々を愛している……！

気持ちの整理がついたところで瞼《まぶた》を開け、ヘッドホンを頭から外して、隣に座る寿々へ顔を向ける。

俺の視線を感じたのか、ガイドブックへ視線を落としていた彼女は俺を見て微笑《ほほえ》む。

「一時間くらい眠っていたみたいですね。コーヒーを頼みましょうか？」

考えにふけっていた間にドリンク提供があったようだ。

「いや、いいよ」

そう言って腕時計で時間を確かめる。

「あと三十分ほどで着くな。ガイドブックを読んでいたのか」

「ガイドブックの写真を見て思ったんですが、バルセロナと街の雰囲気《ふんいき》がだいぶ違うみたいですね」

「そうだな。街を歩けばわかると思う」

「楽しみです」

寿々のうれしそうな顔を見ると、心臓が高鳴り早鐘を打つ。

「優心さん、フラメンコを見てみたいのですが」

「食事をとりながらショーが見られるから、予約をしておくよ。残すところあと一週間だし、思い出に残る旅行をしよう」

まだ記憶が戻ったことを寿々には話せない。彼女が俺をどう思っているか、いや、愛するようになってからだ。

寿々は俺を愛していると言った。無理に言わせていたのかもしれない。

本当のところはまだわからないから、彼女が俺を愛していると確信するまではまだ知らせられない。

旅客機はバルセロナを発ってから定刻通り一時間三十分後、アドルフォ・スアレス・マドリード・バラハス空港に到着した。

迎えの車に乗り、ホテルへ向かう。

空港からは三十分ほどで、街の中心地にあるホテルのエントランスに車がつけられた。

ホテルの周りには有名美術館や博物館などがある。

寿々は車窓から見えるレティーロ公園のすぐ近くに建つ凱旋門《がいせんもん》、アルカラ門を興味深そうに見ていた。

ドアマンが後部座席を開け、寿々が車から降り立つ。反対側のドアから先に出た俺は彼女に近づいた。

今日の寿々はマヨルカ島のホテルで買った黄色のワンピースに白のカーディガンを羽織っている。

気温はバルセロナとほぼ変わらず、昼間は半袖で行動できる夏日だ。

もう七月になる。日本では梅雨でじめじめした雨続きらしい。

俺は半袖の紺のシャツの下に白Tシャツ、モスグリーンのチノパンで、寿々が選んだ服装だ。

服を選ぶ彼女は楽しそうだった。

チェックインを済ませ、エレベーターに乗ってスイートルームへ入室し、ポーターが荷物を部屋の中へ運び終えて去ると、寿々が浮かない顔をしている。

「どうかしたのか？」

「ここでもスイートルームなので、今回の旅行にどれだけかかったのか考えてしまったんです」

「これくらいで破産はしないから安心してくれ。素敵《すてき》な部屋じゃないか。ハネムーンにふさわしい」

白とゴールドを基調とした部屋は宮殿の中のように豪華だ。

「素敵すぎて……優心さん、ありがとうございます。毎日が夢を見ているみたいです。夢はあと一週間見られますね」

彼女はまだ憂《うれ》いを帯びた表情だったが、旅行を手配した俺に悪いと思ったのか小さく笑みを作る。

「寿々……」

彼女の頬に手のひらを当て、自分の方を向かせて見つめ合う。

ブラウンの瞳に俺が映っているのがわかるくらい顔を近づけ、ピンク色の柔らかい唇に自身の唇を重ねた。

いつだって彼女とのキスは甘美で、すぐにその先の行為まで進みたくなるくらいに、もっと欲しくなる。

このままベッドへ連れて行かないよう、名残惜しくも寿々から離れる。

「俺は君が喜んでくれるのを見るのが好きなんだ。だから気にしないでいい」

「優心さんの好きなこと……」

寿々はふふっと目尻を下げて微笑む。

「そうだ。君のためならどんな望みでも叶《かな》えると言っただろう？　さてと、腹が減った。ランチを食べに行こう」

契約通りに二年で別れるのが寿々の望みだったら……いや、今はそんなことを考えるな。

「はいっ。ちょっと待っていてください。暑いので洗面所で髪の毛を結んできます」

彼女は俺から離れ、キャリーケースを開けてポーチを取り出すと、洗面所へ消えて行った。少しして寿々は髪の毛のサイドを編み込み、うしろでひとつに結んで戻ってきた。細い首からデコルテまでスッキリしていて、そこへキスをしたい衝動に駆られる。

「お待たせしました……おかしいですか……？」

俺は見惚《みと》れていたんだが、彼女はじっと見られていたと解釈し、不安そうに尋ねてくる。

「いや、おかしくない。綺麗《きれい》だと思って見ていたんだ」

そう言った瞬間、わかりすぎるくらいに寿々の顔が赤くなった。

ランチは以前訪れた際に気に入ったカジュアルビストロを予約していた。ホテルから徒歩十分ほどのところにある。

ビストロ内はレンガ造りで、それほど広くはない。マドリードでも人気の店で、予約は必須だ。

ふたりでメニューを選び、オーダーした料理が運ばれてくる。

市場で仕入れた新鮮な素材に定評があり、淡白なリークネギを魚介の濃厚なスープで煮込んだ料理は、また食べたいと思っていたところだ。

寿々も目を輝かせて「おいしい」と何度も言っていた。

メインは、イタリアのラザニアのようなコクのあるホワイトソース味の料理。これも寿々は気に入っていたようだ。

腹いっぱい食べるが、昼間は一日中歩き回り、夜は寿々のしなやかな体を余すところなく愛し、快楽の世界を堪能する生活で、これまでで一番体調がいいと感じている。

食事後はホテルに近いプラド美術館をゆっくり見て回った。

絵画だけでも収蔵数は八千点を超える巨匠たちの名作が展示されており、寿々は「知らない画家もいたけれど、とても良かった」と言っていた。

「ふ……っ、ああっ……」

華奢《きゃしゃ》な体を組み敷き、最奥を責め立てると寿々の背中がしなり、かんばせを歪《ゆが》める。反り返る胸の膨らみが俺を誘う。

背に腕を回し繋《つな》がったまま、尖《とが》りを見せるかわいい頂《いただき》を唇で舐《ねぶ》ると寿々から甘い声がこぼれる。

「あ、や……」

快楽が引き起こす刺激に耐えられず、逃れようとする寿々を容赦なくさらに激しく抱いた。

「こら、そんなに……、締めるな……」

彼女の中は俺を痛いくらいに締め付けている。

「し、めつけて……あっ、……ない」

かわいい声で反論し、俺の下で乱れる姿に何度も欲情させられる。

荒々しく律動させると、寿々の唇からこぼれる声が次第に耐えられないほどの啼《な》き声に代わっていった瞬間、欲望が爆《は》ぜ全身に甘い痺《しび》れが走り、彼女も同時に体をしならせた。

汗ばむ顔を両手で囲み、荒い呼吸をしている寿々の下唇を食《は》んでから塞《ふさ》ぐように重ねて舌を差し入れる。

余韻を楽しんだあと彼女を抱き上げ、そのままバスルームへ向かい、バラの花びらが浮かぶバスタブの中に身を沈めた。バスルームはバラの香りに包まれている。

ふたりが入れば狭いバスタブだが、なんの問題もない。

寿々を抱きしめて入る時間は至高の時だ。

彼女は俺の上に座り抱き合う格好で、恥ずかしそうに目を伏せている。

「まだ慣れない？」

「な、慣れないです……」

「本当にかわいいな」

固さを取り戻した欲望で、彼女の濡れそぼった秘所を求めてゆるゆるときつい壁をこすりながら穿《うが》つ。

「ぁ、ああっ……」

寿々の双丘が揺れる。

瞼を閉じている彼女の唇の隙間から吐息《といき》がこぼれ、俺の肩にしがみつき、さらに乱れる。

「愛している」

言葉を発するのと同時に、寿々の体が微《かす》かにビクッと跳ねるのがわかった。

俺たちの関係は体だけなのか？

「寿々は？」

得も言われぬ焦燥感に襲われ、彼女を突き上げながら聞いていた。

寿々の腕が俺の首にしがみつき、彼女の唇と吐息が首筋に触れる。

「っ、はぁ……、あ……、愛して、ます」

本当に？　とは聞けない。

寿々には俺の愛を全身で受け止めてほしい。

まるで恋《こ》い焦がれるような、焦りを滲《にじ》ませた気持ちだった。

マドリード滞在中は、王宮やスペイン広場などの観光スポットを訪れ、夜は二度フラメンコ鑑賞をしながら夕食を食べたり、何軒かのバルでその店の自慢のタパスをビールやワインで味わったりと満足のいく旅行だった。

常に寿々の楽しそうな笑顔が俺の心に刻まれた。

八、うしろめたい気持ち

アドルフォ・スアレス・マドリード・バラハス空港を金曜日の夕刻十八時十分にジャパンオーシャンエアーの機体は離陸し、十七時間十五分のフライトを経て、土曜日の十九時二十五分に羽田《はねだ》空港に到着した。

それから入国審査、荷物を受け取り、義父が手配した迎えの車で麻布《あざぶ》の家へ向かった。

小雨が降っていて、車のガラスに水滴が溜まるとワイパーが弾《はじ》くのをぼんやり見ていた。

夢の時間は終わってしまった……。

マドリードの空港でジャパンオーシャンエアーの飛行機に乗り込んだところで、楽しかった長い夢から覚めた感覚だった。

優心《ゆうしん》さんの記憶はいまだ戻らず、私を愛していると思い込んでいる彼は全身全霊で心を寄せてくれ、本当の蜜月《ハネムーン》旅行だった。

だが、日本に戻って来て現実が待ち構えていたような、そんな切羽詰まった感覚に襲われている。

二十一時過ぎ、麻布の家に着いた。

「荷物は俺が運ぶから寿々《すず》は家の中に先に入るんだ」

「でも、荷物はたくさんあるのでふたりで運んだ方が早いです。それに無理をしたら肩に影響を及ぼすかもしれないです」

すると、彼は甘い笑みを浮かべる。

「大丈夫だから。玉置《たまき》さんも手伝ってくれるから」

玉置さんは義父のお抱え運転手だ。

「ではお願いします」

小雨降る中、門から走って玄関の前へ立ち鍵を開けて中へ入る。

キャリーケースを運びやすいようにドアは開けっ放しにした。

リビングルームに入ると、じめっとした湿度の高さを感じ、エアコンを起動させる。

留守中はブレーカーを落としていたが、優心さんは坂下《さかした》さんに掃除と作り置きの料理を帰国前に頼んでいた。

洗面所で手洗いを済ませてキッチンへ行くと、数種類のパンが袋に入った状態で籠《かご》の中に用意されていた。

帰国早々に買い物に行かなくて済むのは、とてもありがたい。

そこへ優心さんが近づいてきた。

「おつかれさまでした。何か飲みますか？」

「そうだな。帰国を祝ってスパークリングワインはどうかな？」

「帰国のお祝いですか？」

スパークリングワインを飲む口実に笑みを漏《も》らす。

「ああ。楽しかったハネムーンの最後の締めくくりだ。少し腹が減ったから、適当に料理も出してくれないか？」

そう言って、優心さんは洗面所へ消えていく。

冷蔵庫から坂下さんの手料理を皿に盛り付けているうちに彼が戻って来て、ワインセラーからスパークリングワインを出している。

それから戸棚を開けてフルートグラスを二脚手にしてソファのテーブルへ運ぶ。

トレイに取り皿と料理の皿、フォークを置いてキッチンから出てソファへ移動する。

優心さんは慣れた手つきでスパークリングワインの栓《せん》を開けて、二脚のフルートグラスに金色の液体を注ぐと、一脚を隣に座った私に手渡してくれた。

「おつかれ。寿々がいてくれたおかげで楽しかったよ。乾杯」

彼は美麗に微笑《ほほえ》み、グラスを掲げてから口へ運ぶ。

その一連の動作をこの旅行で見慣れているはずなのに、場所が変わって麻布の家にいるからなのか、妙に胸がドキドキしてくる。

「おつかれさまでした。素敵《すてき》な旅行をありがとうございました。それにたくさんのプレゼントを……ハイブランドなんて私にはもったいないくらいなのに」

マドリード最終日はハイブランドの店舗でバッグや財布、アクセサリーをプレゼントしてくれたのだ。

「もったいないくらいなんて、おかしなことを。寿々はTAKAMINEエレクトロニクスの専務取締役の妻なんだ。十分身の丈に合ったものを選んだつもりだよ」

妻……彼が本当のことを知ったら……。

そう考えた瞬間、胃がキリキリ痛みを覚える。

「大切に使わせていただきますね」

無理やり笑顔を作って、スパークリングワインを口にした。

「明日は寿々の実家へ行こうか」

「え？　じ、実家へ？」

「そんなに驚くことでもないだろう？　土産を渡しに行こう」

優心さんは実家の家族構成を聞いて、お土産を用意してくれた。

「今はまだアパート暮らしなので……優心さんが行けば父が恐縮すると思います」

七月末には竣工を迎えると聞いている。ただ建築中は梅雨の時季にかかるので、遅れる可能性もあると言っていた。

「明日は高嶺《たかみね》家へ行くのはいかがでしょうか……？」

「そうだな……両親には怪我《けが》のことで心配をかけたし、挨拶《あいさつ》へ行くか」

明日の予定を決めたあとは、スパークリングワインと坂下さんが作ってくれたサラダなどを食べながら、スマートフォンに入っている写真などを見て、楽しかった旅行を振り返っていた。

「優心、寿々さん、いらっしゃい。昨日帰国したばかりなのに来てくれてうれしいわ」

にこやかなお義母《かあ》様に出迎えられる。今日も綺麗《きれい》めの幾何学《きかがく》模様のワンピースを着ている。

リビングではお義父《とう》様が待っていた。

「輝かんばかりのふたりじゃないか」

「あなた、新婚旅行なんですから当然ですよ」

ソファに座ると、お手伝いさんがお手拭きとお茶を運んでくる。

「もう肩は治ったと聞いているけれど、痛みはないの？　リハビリをしなくてはならないのではなくて？」

「痛みはすっかりないよ。一度主治医に診てもらってからリハビリを考える」

「それがいいわね」

話が一段落し、おふたりにスペイン土産を渡す。

お義父様にはブランドネクタイとバーボン、お義母様にはハイブランドのスカーフを一緒に選んだ。

オリーブオイルやチョコレートなどの細々としたお土産も、おふたりは喜んでくれた。

「優心、記憶の方はどうかね？」

「……まだ。仕事は旅行中に携わっていた案件をすべて確認したので、問題ありませんよ」

「英気を養ったようだから、バリバリ働いてくれるだろう」

「父さん、俺はいつも精力的に働いていましたよ。無事に契約おめでとうございます。

田沢君からメッセージをもらっています」

「ああ。うちに有利に契約ができて良かったよ。それから寿々さん、明日から樋口《ひぐち》君の下で働けるように準備を整えてある」

まさか異動が明日からだと思ってもみなかったので、内心驚いてしまう。

「寿々に無理はさせないでくださいよ」

「ははは、愛妻の心配かね？　大丈夫だ。私にとっても大事な嫁だからな」

優心さんの反応に、お義父様は豪快に笑う。

「寿々さん、お仕事もほどほどにね？　ハネムーンベビーは期待してもいいのかしら？」

「母さん、それは聞かれても答えられないでしょう。神のみぞ知る」

「ごめんなさいね。寿々さん。早く孫を抱かせてほしくて困らせることを言ってしまったわ」

お義母様は私にやんわりと笑みを向けて謝る。

孫を望むのは理解できる。

「いいえ。そんなことはないです」

笑顔で答えながら、最初の方は避妊をしていたけれど、マドリードではしていなかったことに思い至る。

本当の夫婦だと思っているのだから、避妊をしなかったのも当然のことだ。

でも、赤ちゃんができていたら……。

そう簡単に妊娠はしないはずと、勝手に決めつけていたけれど……。


その夜、シーツに横たわる私は、優心さんに引き寄せられて髪を撫《な》でられる。

「どうした？　浮かない顔をしている」

優心さんは鋭《するど》い。

赤ちゃんの件がずしんと心に重くのしかかっていて気分を暗くしていた。

優心さんの愛が思い込みの偽りでなかったら、赤ちゃんができたら大喜びしている
だろうに。

でも、彼の記憶が戻ったときが怖い。

「あの……」

「ああ、何かあるなら言って」

「……避妊をして……ほしいんです」

「避妊を？　なぜ？　子供はいらないのか？」

彼の驚きが混じった声に、胸がギュッと締め付けられる。

目と目を合わせていられなくて、伏し目がちになる。

「キャリアを積んでからに……」

「寿々はキャリアが大切なのか？　仕事が大事で家庭に入る気はないと？」

怒りを滲ませた言葉に、すぐさま「そんなことはない」と言いたかった。だが、それはできない。

「……今すぐは……もう少し仕事がしたいんです。まだ二十六ですし……」

「寿々……」

「お願いです」

勇気を出して伏せていた目を彼に向けた。

「……わかった。寿々の好きなようにすればいい」

腕枕が外されて、彫刻のように整った顔は真上を向いて目を閉じる。

優心さんを傷つけてしまった。でも、記憶が戻ったとき、納得と共に安堵するはず。

そう思っても胸はシクシク痛み、グッと涙を堪《こら》えた。

翌朝、優心さんの運転する愛車の助手席に座って、赤坂《あかさか》の社屋へ向かう。

朝食の席でも必要以上の会話はなく、今も車内はエンジンの音しかしない。

気詰まりな今と楽しかった旅行中の雰囲気《ふんいき》とでは、雲泥《うんでい》の差だ。

優心さんを傷つけてしまった悔恨の念に駆られながら、これは仕方がないのだと自分に言い聞かせていた。

社員たちへ渡すスペイン土産の入ったショッパーバッグを優心さんが車から持ってくれており、秘書室の前でよこされる。

「じゃ」

素っ気なく口にして優心さんは執務室へ向かう。颯爽《さっそう》と歩を進めるそのうしろ姿を数秒見ていたが、秘書室のドアを開けた。

「おはようございます」

「加々美《かがみ》さん、お帰りなさい」

室長が真っ先に言葉をかけてくれ、彼女のデスクに近づいて頭を下げる。

「長い期間お休みしてしまいご迷惑をおかけしました」

「ゆっくりできた？　専務の怪我はどうかしら？」

「はい。申し訳ないほどに楽しんできました。怪我は完治したようです。お土産を」

優心さんと色々考えて、王室御用達のクッキーを人数分購入した。チョコレートもあったが、この時季は溶けてしまうのを懸念してクッキーを選んだのだ。

「ありがとう。素敵《すてき》なパッケージね」

「スペイン王室御用達のクッキーです。お口に合うといいのですが」

「クッキーは大好物よ。あ、今日から異動だということは知っている？」

室長はにっこり笑ってから、真剣な表情になる。

「はい。昨日社長から聞きました。あの、専務の第二秘書は……？」

「まだ決まっていないのよ。専務のご意向が大事だから」

「わかりました。失礼いたします」

室長のデスクから離れ自分のデスクへ行き、荷物を置いてからオープンキッチンへ向かった。

社長と樋口さんの飲み物の好みは把握している。

ふたりともコーヒーに砂糖は一杯、ミルクなしが好みだ。

オープンキッチンでマシンの前へ立つと、優心さんと田沢《たざわ》秘書のコーヒーを入れたくなる。

まだ第二秘書が決まっていないのだから、入れて持っていってもいいだろう。

四つのカップにそれぞれ好みのコーヒーをマシンで作り、二個のドリンクホルダーにカップをセットして、その場を離れた。

専務室のドアの前で深呼吸をする。

この先に入るのに緊張するなんて……。

深呼吸をしてから意を決し、ドアをノックしてから入室する。

「おはようございます。コーヒーをお持ちしました」

以前のように田沢秘書は優心さんのデスクの前に立ち、打ち合わせをしていたが、私の姿に中断した。

「加々美さん、おはようございます」

田沢秘書が真面目な顔で挨拶をし、視線がドリンクホルダーへ移る。

「まだ第二秘書がいないので、コーヒーを入れてきました」

優心さんは黙って私たちのやり取りを見ている。

「ありがとうございます」

ドリンクホルダーごと田沢秘書に手渡し、ふたりに向かって会釈をして退室した。

彼の機嫌をどうにか直したいが、私を愛していると思っている今は無理だわ……。

重いため息をひとつ漏《も》らして社長室へ歩を進め、ドアをノックしたのち中へ入る。

「社長、樋口さん、おはようございます。コーヒーをお持ちしました」

笑顔を作りドリンクホルダーからカップを取り出して、差し出された手に渡す。

「おはよう。ちょうど飲みたかったところだ。ありがとう。ああ、そうだ。私と樋口君は、君を〝寿々さん〟と呼ぶことにした。結婚したのに旧姓で呼ぶのも違和感があってね」

「わかりました。本日からどうぞよろしくお願いいたします」

「仕事は樋口君から指示する。樋口君、寿々さんを頼みます」

「はい。では、こちらへ来てください」

ドア近くの樋口さんのデスクへ歩を進め、分厚いファイルと抱えるほどのケースを渡される。

「八月上旬に行われるわが社の創立記念パーティーの招待客リストと招待状の返信です。出席者、欠席者を確認してください」

大事な創立記念パーティーなので、作業は総務課ではなくて秘書の仕事になっているようだ。

「かしこまりました。期日は？」

「今週中でかまいません。詳しくは中に指示書を入れてあります」

分厚いファイルを抱えて社長室を退室し、秘書室へ戻る。

デスクの上にファイルを置き、さっそく仕事に取り掛かる。

招待客はわが社の取り引きのある企業の重役クラス、百五十名ほどだが、夫人同伴なので三百名近い。それに加えわが社の室長以上の役職者も同伴で出席となれば、相当な規模だ。私が入社してから初めてとも言える、大規模なパーティーになる。

指示書を読み終え、チェックを始めると気づけばランチ休憩の十分前になっていた。

菜摘《なつみ》にお土産を渡す時間はあるか連絡をすると、すぐに〝いつものレストランで今日ランチできる？〟と返信が戻ってきた。


「菜摘！」

先にレストランに来ていた菜摘に軽く手を振って近づく。

「久しぶり～ちょっと、ちょっと。寿々ってば、なんだか綺麗になったみたい」

「そんなことないわ」

彼女の対面に腰を下ろしながら苦笑いを浮かべる。

「ううん。あるある。輝いているわ。ハネムーンはどうだった？　一カ月も海外へ行くなんて、さすがＴＡＫＡＭＩＮＥの御曹司だわ。色々聞かせてね」

「まずはオーダーを済ませちゃいましょう」

私たちはランチのメニュー表を見てから店員にオーダーしたあと、話し始める。

「たいしたお土産じゃないけれど」

秘書室とは別の彼女用に買った土産を渡す。

王室御用達のクッキーもあるが、空港で買ったマジョルカパールと小さなアクアマリンがペンダントトップのゴールドのネックレスだ。

「え？　アクセサリー？　いいの？」

箱を手にして菜摘は躊躇《ちゅうちょ》する。

「もちろんよ。開けてみて」

促されて細長い箱を開けて、破顔する。

「とても素敵よ！　ありがとう！　パールは誕生石なの。大事に使わせてもらうね」

「誕生石だったのね。ちょうど良かったわ」

そこへランチについているサラダとアイスティーが運ばれてきた。

「写真が見たいわ。スマートフォンでたっぷり撮っているでしょう？」

「まあ……」

「あら？　幸せなハネムーンの写真がラブラブすぎて見せたくないのかな？」

茶化す菜摘に「そ、そんなんじゃないから」と、動揺しながら否定してスマートフォンで撮った写真を見せた。

三都市とも景色や建造物が多く、時々優心さんの写真があるだけだ。私に至っては記念写真のようなお決まりの立ち姿で彼と並んでいるところを、運転手さんが撮影してくれたものしかない。

「マヨルカ島かぁ～！　とても海が綺麗。この海と空のコントラストが美しいわ」

ホテルのテラスから撮った写真を菜摘は絶賛してくれる。

「専務のコルセットが痛々しいわね。旅行中、大変だったんだじゃない？」

「マヨルカ島の最後の方でお医者様に診ていただいて外れたから、それまでは大変だったと思うわ」

到着した日、優心さんが熱を出したのも懐かしく思う。

まだ一カ月ほどしか経っていないのに。

「でも、専務は本当にイケメンだわ。も～本当に羨《うらや》ましすぎる」

二年間の契約結婚は口が裂けても話せないから、内心の複雑な気持ちを隠し笑顔を向ける。

「そうだ。今日から社長の第二秘書になったの。職場は秘書室だから変わらないんだけど」

「わ、義理の父が上司だなんてやりづらくない？」

「ううん。社長は優しいし、秘書の樋口さんも丁寧で的確に指示を出してくれるからやりやすいわ。田沢さんもそうだったけど」

オーダーしたパスタが運ばれてきて食べ始める。私はたらことシソがたっぷり入った和風パスタだ。

菜摘はカルボナーラパスタをスプーンとフォークでクルクル巻いたところで、ふと手を止める。

「風間《かざま》さんと数日前にばったりロビーであったんだけど、めちゃくちゃ機嫌が良くてさ、何かうれしいことでもあったの？　って、聞いたら〝最高にうれしいことがね〟って笑顔だったの」

「うれしいことがあったのなら、良かったじゃない？」

「まあそうなんだけどね。機嫌の良さがハンパなくて」

そう言ってから、フォークで巻いたパスタを口にして咀嚼《そしゃく》し、私も食べ始めた。

秘書室に戻って与えられた仕事を丁寧にかつ迅速に進めていると、あっという間に十七時になっていた。

そこで帰宅後のことを考えて憂鬱《ゆううつ》になる。

優心さんは悪くない。

愛している妻から子供のことはキャリアを積んでから言われたら、業を煮やすのも無理はないと思う。

だから、今の反応も理解できる。

赤ちゃんができていた場合、どうなってしまうのだろう……。

無意識に手を腹部にやっていた。

そこへ内線が鳴る。

「はい。加々美です」

受話器を取って出ると、田沢秘書だった。

「専務からです。本日は急遽会食が入ったので遅くなるとのことです」

「わかりました」

通話が切れて受話器を置く。

優心さんの会食が入ってうれしいのか、うれしくないのかが、わからなかった。

ひとりで帰宅して坂下さんの手料理を食べ終わると、二十時を過ぎていた。だが、優心さんの戻りはまだまだ先だろう。

まだキャリーケースの中の整理も終わっていないので、お風呂に入ったあとはリビングで中身の片付けをしていた。

一カ月間、優心さんが常にそばにいる生活だったから、ひとりでいると落ち着かない。

ふと壁にかかる時計を見れば、もうすぐ二十三時だ。

「はぁ……」

明日は火曜日。月曜日から会食とはいえ、帰りが遅すぎるのではないかと心配になる。

そのとき、優心さんの車が戻って来たのがリビングの窓越しにわかった。

顔を合わせるのはドキドキするが、インターホンが鳴り玄関を開けた先に、田沢秘書が優心さんの隣にいて、持っていた彼のビジネスバッグを渡している。

田沢秘書の姿に、部屋着にエプロンを着けていて良かったと安堵する。

いつも通り酔っているようには見えないが、田沢秘書が送って来たのだから相当飲んでいるのかも。

「お帰りなさいませ」

「ただいま」

優心さんは私の横を通って、二階へ上がって行く。

「田沢さん、おつかれさまです。専務はかなり飲んでいるのでしょうか?」

「まあ、そうですね。普段よりは煽《あお》るようにバーボンを飲んでいました。なんだか今日の専務は朝からうわの空で様子がおかしかったのですが、ふたりの間に何かありましたか?」

田沢秘書だって一カ月も結婚している男女が同じ部屋で暮らしたら、体の関係になることがわかっているだろう。

恥ずかしいから田沢秘書にそんな話はできないが。

「……意見の食い違いがあっただけで、朝からうわの空になるようなことでもないです。会食はうまくいったのでしょうか?」

「会食は問題ないですよ。意見の食い違い……そうでしたか。では失礼します」

「おつかれさまでした。お気をつけてお帰りください」

田沢秘書に頭を下げて、彼が待っていた車に乗り込むのを見送った。

玄関のドアを閉めて鍵を掛けてからキャリーケースのところまで戻り、四個を綺麗に拭《ふ》き終え端に置いていると、優心さんが二階から下りてきた。

「寿々」

「は、はい……」

声をかけようと思ったところへ、彼から名前を呼ばれて上ずってしまう。

優心さんは私の前に立つ。

「君の気持ちを尊重する。キャリアを積みたいのならそうするといい。じゃ、風呂へ入るよ。もう遅いから、先に休んでいて」

彼はバスルームへ歩を進め、ドアの向こうに消えた。

キャリアを積みたいのならそうするといい……。わかってもらうのを望んでいたはずなのに、胸が鷲掴《わしづか》みされたみたいにギュッと痛くなって、その場にしゃがみ込む。

涙が溢《あふ》れてきて、嗚咽《おえつ》を堪《こら》え、フラフラと立ち上がり二階へ向かった。

ティッシュで涙を拭いてベッドに横になる。

優心さんが戻って来る前に寝なければ。

おやすみと、声をかけられたら泣いていたことが知られてしまう。

私の意見が通ったのに、こんなに悲しいなんて……。

しばらくして涙は止まったが、気持ちはずっと下がっていて眠ろうとしても眠れない。

そうこうしているうちに優心さんが戻って来て、彼の重みでマットレスが沈む。

彼に背を向けて眠っているフリをしていたそのとき、ギシリとベッドが軋《きし》み、後頭部に何かが触れ、「寿々、おやすみ」と聞こえた。

そして離れて行く気配がして、衣擦《きぬず》れの音が静まった。

私を愛おしく思ってくれているかのような行為に、切なさがこみ上げてきて泣かないようにするのが精いっぱいだった。

翌朝、ハッとして目を開けると、目の前に優心さんの寝顔が飛び込んできた。

凛々《りり》しい眉の下の長いまつ毛に高い頬骨、形の良い唇を見つめる。

いつの間にか、たくましい腕に抱き込まれて眠っていたのだ。

離れようか迷っていると、彼の瞼《まぶた》が開き、ドキッと心臓が跳ねる。

目と目が合い、優心さんは口元を緩ませる。まるで旅行中の彼みたいだ。

「おはよう」

「おはようございます」

「寿々、ケンカはやめよう。君の笑顔が見られないのは、一日中気持ちが落ち着かない」

「優心さん……」

軽く唇を啄《ついば》まれてから、おでこにキスが落とされる。

「君を社長秘書にしてしまい後悔している。時々でも執務室にやって来る寿々が恋しかったのに」

これは彼の偽りの気持ちなのだろうけれど、そう聞けばうれしいのは否《いな》めない。

「でも、社則ですから。コーヒーを飲みたいときに内線をください。〝コーヒー〟だけでいいです」

「わかった。実は秘書は田沢君だけでいいと思っているんだ」

「忙しい田沢さんに毎回コーヒーを頼むのも無理がありますね。いつでも言ってください」

「ああ。ありがとう。そうすれば、寿々の顔も頻繁に見られるな」

優心さんは満足げに笑みを漏らし、私の唇に唇を重ねる。

「ひ、頻繁は困りますからね」

頬を膨らませると、彼はさらに楽しそうに笑う。

「仕方ないな。父さんにこき使うなと言われそうだし、回数は控える」

スペイン旅行のときの関係に戻ってホッと安堵した。

仕事も順調で帰宅して優心さんと食事をして一緒に眠る。

彼の記憶がいつ戻るのかビクビクしているが、それを除けば幸せな一週間が経った。

ひとつ気になっていることがある。

まだ生理が来ないのだ。もともと周期が不規則なので、決まった日に来ないのはいつも通りなのだが、今回は妊娠したかもしれないと不安になっている。

もう少し様子を見よう……。


水曜日、今年の雨は少なくて、もうすぐ梅雨明けかもしれないとお天気キャスターが今朝言っていた。

いつも通りに優心さんの車で出社し、一緒にエレベーターに乗って三十五階の重役フロアで降りる。

「スケジュールは知っていると思うが、今夜は会食が入っている」

「はい。もちろん知っています」

以前も、彼は週に二回は取引先との会食やパーティーに招かれて忙しかった。

「じゃあ、あとでコーヒーを入れて持っていきますね」

「よろしく。あ、今日はアイスにしてくれないか」

ホットよりもアイスの方がおいしいと感じる暑さがやって来た。

「かしこまりました」

秘書室の前で優心さんと別れ、荷物を置いてから一階下のフロアへ赴《おもむ》き、オープンキッチンへ入る。

カップをマシンにセットしてスイッチを押そうとしたとき、風間さんが現れた。

綺麗な顔に笑みを浮かべ、ヒールの音をカツカツ立てながらこちらに近づいてくる。

彼女もコーヒーを入れにきたのだろう。

「風間さん、おはよう」

挨拶をしてから、マシンのスイッチを押す。

隣にもマシンがあるが、風間さんはそれには見向きもせずに私の横に立つ。

「加々美さん、おはよう」

薄気味悪いほどの満面の笑みだ。

「楽しそうね。朝から良いことでもあった？」

「別に今日はないわ。あなたが旅行中に良いことがあったのよ。それ以来、ずーっと楽しい気分が続いているわ」

「格別に良いことだったのね」

もったいぶって核心を話さない風間さんから、マシンにセットしているカップに顔を向ける。

「あなたの旅行中って聞いて何か悟らない？　あ、旅行は偽装だから優心さんのパソコンのアクセス許可の話を知らないかしら？　ふたりは別行動だった？」

カップを手にしたとき、突然の言葉の攻撃にビクッと肩が跳ねてしまい、社長のホットコーヒーが手の甲にかかる。

熱さに息を呑《の》むが、それどころではない。

今なんて……？　彼女、旅行は偽装って言った……？

「……風間さん、何を言っているのかわからないけれど、パソコンのアクセス許可の電話のときは一緒に朝食を食べていたから知っているわ。何を言いたいの？　ゆっくり聞きたいけれど、今は話をしている時間はないわ」

「じゃあ、今日ランチをしましょう。そのときに話してあげる。五階のイタリアンレストランを十二時に予約しておくわ。じゃあ」

風間さんはコーヒーを入れずに去って行った。

どういうことなの……？

風間さんの意味深な会話に、胸がドキドキしてくる。

私たちの結婚が偽装って……。

考えを巡らせていると、彼女の言っていた優心さんのパソコンという言葉にハッとなる。

もしかしたら、パソコンに私たちの契約書が入っていた？　あれを風間さんが見たの？

ギュッと眉根を寄せて考えを巡らせていると、いつもコーヒーを持っていく時間より数分経っていることに気づく。

急いでコーヒーを用意し、オープンキッチンを離れて専務の執務室へ向かった。

「失礼いたします」

ドリンクホルダーを持って優心さんのいるデスクに近づき、アイスコーヒーの入ったカップを置く。

「寿々、遅かったな。顔色が悪いみたいだが？」

「え？　そうですか？　メイクのせいだと思います」

「旅行の疲れがそろそろ出て来るときかもしれない。体調が悪いと思ったら、遠慮せずに連絡をしてくれ」

「大丈夫です……では、コーヒーが飲みたいときはおっしゃってくださいね」

田沢秘書にもカップを手渡し、ふたりにお辞儀をしてから退出した。

社長室でコーヒーを提供し終えると秘書室へ戻り、樋口さんから指示されている資料の作成を始める。

まだ風間さんの言葉を引きずっていて、いつの間にかパソコンから目を離し、斜め向こうの席でキーボードを打っている彼女へ視線を送っている。

ふいに風間さんが私の方へ見て、にっこり笑う。

あの機嫌の良さ……ランチのとき、彼女が何を知ったのかがわかる。

ランチで指定されたのは、以前同期会の会場になったビルの五階にあるイタリアンレストランだった。

風間さんの名前を告げると、驚くことに個室に案内される。

高いランチに当惑しながら、先に席に着いてメニュー表を見ていた彼女の対面に腰を下ろした。

「なぜ個室にしたの？」

聞かずにはいられなかった。

「だって、人に聞かれたらまずいでしょう？　専務の奥様なんだから、ごちそうくらいしてくれるわよね？」

やはり風間さんは、優心さんのパソコンに入っていた契約書を見たのだろう。見ただけなら証拠もなく笑い飛ばせるだろうが、もし抜き取っていたら……？

とにかくピンチなことに変わりない。

「いいわ。ここは私がごちそうします。お料理を頼みましょう」

ランチのコースをレストランスタッフに頼み、水を飲んで気持ちを落ち着けようとした。

すぐに三種の前菜が運ばれてきた。

食べられる気分ではないと、美しく盛り付けられた皿を見ている私に、風間さんが口を開く。

「まずはおいしい料理を食べてから話すわ。しっかり味わって食べなきゃね」

食べている間は、彼女の言葉にどう対抗できるのかが考えられる。

もともと仲がいいとは言えない私たちが、話をしながら食事をするなんて無理なことで、黙々と料理を口に運ぶ。

デザートのジェラートが出てきたところで、風間さんがバッグから一枚の紙を取り出してテーブルの上を滑らせた。

それは私がサインした契約書ではなかったが、内容は記憶にある条件とほぼ同じなので草案なのかもしれない。

「これは？」

「とぼけるのが上手ね。あなたたちは契約で結ばれた夫婦よね？」

「いいえ。違うわ。愛し合っているし、とても幸せよ」

きっぱり言うと、風間さんはおかしそうに口元を押さえて笑う。

「私は専務にもうなんの思い入れもないわ。私との縁談を断って、平凡なあなたを選んだことに腹を立てているの。私があなたに劣《おと》っているなんて、ホント馬鹿《ばか》馬鹿しいわ」

風間さんは自分よりも、私を偽装結婚までして選んだことにプライドが傷つけられたのかもしれない。

「……それはお門違いよ。もともと知られないように密かに愛し合っていたところへ、あなたのおじい様を通じて縁談話が舞い込んできたの」

「嘘は吐かないでいいのよ。これが何よりの証拠なんだから。愛し合っていたら、こんな条件の契約書を作るわけがないわ。私がこれを公表したら、世間で大問題になってわが社の評判はがた落ちになるでしょうね」

余裕の笑みの風間さんは、ジェラートをスプーンですくって口に入れる。

「ん～、とてもおいしいわ。加々美さんも溶けないうちに食べなさいよ」

「風間さん、想像力を働かせたようだけど、まったく違うわ。あなたが恥をかくだけよ」

「嘘ならなぜこんなのがあったのかしらね？　どちらにしても、このことが噂《うわさ》で広がったら会社は打撃を受けるのは間違いないわね。ライバル会社にもリークしたら、どうなると思う？　他にも不安要素はあるのよ。この件を面白がって週刊誌の記者が騒ぎ立てるでしょう」

私たちの契約結婚は事実だから、噂が広がれば彼女の言う通りになるだろう。

「あなたは……どうしたいの？」

「どうしたい？」

風間さんはふんと鼻を鳴らしてから口元を緩ませる。

「専務と別れて彼の前から消えるのよ」

「それが望みなの……？」

「ええ。専務と結託して策略したあなたが大嫌いなの。そしてそこまでやった専務も嫌いよ。でも気持ちが収まらないから、おじい様におねだりして彼と結婚させてもらうわ。この件を持ち出せば了承するでしょう。それから多額の慰謝料をもらって離婚してあげるの」

彼女の甘やかされた考えに二の句が継げない。

「あなたから専務にこの件を話したら、即ライバル企業にリークするわ。エレクトロニクス業界って企業スパイがいるくらいだから慎重にならないとね」

「風間さん、そんなひどいことしないで」

「そうさせようとしているのは、あなたたちよ。ごちそうさま。残りはゆっくり食べて。あら、もう溶けちゃってるわね。よく考えることね」

風間さんは得意げに笑ってから、ツンと顔を上げて個室を出て行った。


十九時過ぎ、帰宅して力なくソファに座る。

この場所はお気に入りの場所になっていて、元気なモンステラやパキラ、ガジュマルなどを見ていると元気が出る。

だが今はそれらを見ても、少しも沈んだ気持ちは浮上しない。

午後の業務中も風間さんの件を考えてしまっていた。

私たちが別れれば、離婚前提ではあるけれど優心さんは一度風間さんと結婚したあと自由になれる。

風間さんは多額の慰謝料と言っていたが、それは問題ではない。

何よりも会社に対して、少しでも打撃を与えてはいけないのだ。

今の彼女の精神状態は異常をきたしているようだから、言う通りにしなければあっけなく現実になるだろう。

私が優心さんにできることは、彼のもとを去ること。

二年の契約が早まっただけだ。

彼のおかげで実家の援助ができて本当に助かった。

割り切らなきゃ……。

優心さんと過ごした日々はとても幸せだった。

彼への愛は深まり、あと二年近くもこの気持ちをどうすればいいのか悩んでいたところでもあったから、早急に離れるのが一番なのだ。

そう結論を出したとき、下腹部がギューッと締め付けられるみたいな痛みを覚えた。

これは……。

慌ててトイレへ駆け込み、下腹部の痛みが生理になったことを知った。

生理になることを望んでいたのに……。

それが現実になった途端悲しみに襲われ、トイレを出たところで膝がくずおれた。

「ううっ……」

大粒の涙が溢れ頬を濡《ぬ》らし、顔を覆《おお》う手のひらがびしょ濡れになる。

風間さんに脅《おど》される前、もしも赤ちゃんができたら二年間の契約はなくなって、このまま高嶺《たかみね》寿々として優心さんから離れないですむかもしれないと、そんな淡い気持ちがあった。

実際、妊娠していなかったとわかり、自分がこれほど痛哭《つうこく》するなんて思わなかった。

子供のように声を上げて泣いてしまい、その場に座り込んだまま啼泣《ていきゅう》するのを止められなかった。

「寿々!? どうしたんだ!」

いきなり優心さんが目の前に現れて、息が止まるほど驚いた。涙でむせぶ顔を思わず上げてしまった。

私の様子に驚いている彼は床に片膝をつき、私を抱きしめる。

「なぜ泣いているんだ? 怪我《けが》をしたのか? どこか痛むのか?」

優心さんの胸の中で、首を左右に振ることしかできず、必死に涙を止めようとする。

すると、彼は私を抱き上げてさっきまでいたソファに連れて行き、私を抱えたまま腰を下ろした。

「どうした？　話してくれないか？　そんなに号泣する寿々を見ると胸が痛い」

風間さんの件は話せない。だが、この涙は赤ちゃんがいなかったことが引き金になったものだ。

「寿々、何か言ってくれ」

優心さんは親指の腹で私の涙を拭《ぬぐ》うが、顔はぐしょぐしょでポケットからハンカチを出した。

「……せ、生理がきて……思いのほか、ひっく……ショックだったんです……」

「妊娠したくないと――」

「そ、そうなんです。でもショックで」

他の理由があることを気づかれないよう、彼の言葉を遮《さえぎ》った。

「かわいそうに……キャリアを積みたいからと言ったのは、苦渋の選択だったんだな」

「苦渋の選択……？」

どうしてそんな言葉を使うの？

何度も泣いていたせいか、頭に靄《もや》がかかったように働かない。

「寿々、聞いていいか？　俺を心から愛している？」

甘さを含んだ声色にうなずきかけるが、風間さんの顔が脳裏をよぎって踏みとどまる。

「寿々？　俺を愛しているから妊娠していなくてショックを受けたんだろう？」

「ち、違います」

優心さんをどんなに愛していても否定をしなくてはならない。

「どう違うんだ？」

「……二年間の契約が、赤ちゃんに縛られて延長するかもしれないから困ると思って、心配で。でも憂慮に過ぎなかったのでうれしくて泣いていたんです」

すると優心さんはふっと口元を緩ませる。

「自分が今、おかしい理由を言っていることに気づかないのか？」

「ぜ……ぜんぜん……お、下ろしてください」

膝の上に乗せられて身動きが取れないし、至近距離で問い詰められたら誤魔化《ごまか》しが利かなくなる。

「嫌だ」

そう言ってさっきよりも腕に力が入る。

「優心さん、本当に……」

「うれし涙でそんなふうに悲しそうに泣くわけがない。真実を言ってくれ。俺を愛している？」

「何度も確認するなんて、今日の優心さんはおかしいです」

「大事なことなんだ。寿々、俺を愛しているのか？」

「やめてください。私たちは契約結婚……！」

記憶が一部欠如しているのに、つい口からこぼれ出てハッとする。

無理やり優心さんの膝から下りて離れようと一歩踏み出したところで、背後から腕を掴《つか》まれ引き寄せられる。

「知っている。俺たちは契約結婚だ。だがそんなのは関係ない。愛している。寿々」

抱き込まれた耳元で紡がれる声は、蜜のように甘く聞こえた。

たった今、言われた言葉を頭の中で反復する。

契約結婚だと知っている？

「き、記憶が戻ったんですか？」

虚《きょ》を突かれて振り返り、優心さんを見つめる。

「ああ。戻っている」

「い……つ、から……？」

「マドリードへ向かう車で、バイクが飛び出してきて急ブレーキをかけたときから」

ない。

「そんな……前から……」

一度にたくさんのことが降りかかり茫然《ぼうぜん》となって、固まったまま彼から目を逸《そ》らせない。

「マドリードで俺は、数えきれないくらい愛していると言ったのを覚えているか？」

優心さんは毎晩私を抱いて愛していると言ってくれていた。記憶がないから偽りの気持ちだと思い、真に受けないように必死だった。

「寿々、記憶が戻っても君を愛する気持ちは変わらない。すぐに話さなかったのは、君の気持ちがわからなかったからだ。俺から離れられないくらい愛するようにさせようと内心必死だったんだ」

やっと止まっていた涙腺が再び決壊して、大粒の涙がポロポロ流れていく。

私を愛してくれていた……でも、風間さんのことがあるから、私の気持ちを伝えてはいけないのだ。

「……記憶が戻ったのなら話は早いです。私はお金が欲しくてあなたと契約したんです。だから愛はない――」

「本当に寿々は献身的に俺を支えてくれようとするんだな」

話を遮られて、またよくわからない言葉に眉根を寄せて首を横に何度も振る。

「意味がわかりません」

「風間から脅されているのは知っている」

「え……！」

「俺のパソコンから大量のデータがコピーされていることに気づいて、田沢君と調査をしていたんだ。樋口さんが風間に必要な資料をコピーするよう頼んだことを知り、彼女の仕業《しわざ》だとわかった。ただ単にその場で探すのが面倒でこっそり持っていっただけかもしれないと思ったが、見合いの件で逆恨みしていたら、ライバル企業に情報をリークするんじゃないかと懸念して、彼女の行動を防犯カメラで監視させていたところだった」

優心さんは脅された内容まではわからないと思うが、風間さんが何か企んでいると気づいていたのだ。

「今朝、オープンキッチンで彼女と何か話していただろう？」

そこまでわかっているのであれば、対策を考えるためにも話さなくてはならない。

会社のためでもある。

「……座ってください」

私たちはもう一度ソファに腰を下ろした。

今度は彼の膝の上ではなく隣だ。

今朝とランチの際に、風間さんから脅された内容を包み隠さず話をした。

すると、彼は見たことがないくらい険しい表情になり、憤《いきどお》りを覚えたみたいだった。

「最低な女だな。それに狡猾《こうかつ》だ。この件は俺に任せてくれ」

「だめです！　私が話したと知られたら、ライバル企業にリークされて会社が打撃を受けます」

最悪の事態を想像してしまって、背筋に寒気が走り、思わず両手を体に回す。

「その前に手を打つから安心してくれ。それよりも俺たちのことを話そう。そういえば、腹は空かないのか？　まだ食べていないんだろう？」

彼に話せたことで、ほんの少しだけ気持ちが楽になった気がする。

「優心さんは会食のはずでしたよね？　二時間くらいしかいなかったのではないですか？」

「会食は一時間ほどいたが、副社長と常務に任せて退室したんだ。もともと常務の案件で、顔を出しただけだから」

「そうだったんですね。冷蔵庫を見てきます」

今日は坂下さんが来てくれる日で、料理はたっぷりあるはずだ。

「俺も行く」

「大丈夫ですから、座っていてください」

「嫌だね」

急に少年のような態度を取る優心さんに、あっけに取られる。

「クスッ。嫌だねって……さっきも」

「まだ寿々の口から愛していると言ってくれていないから不安なんだ」

「優心さん……」

記憶が戻っている優心さんに〝愛している〟と告白されて、本当は心からうれしかったのに、風間さんのことで彼の告白を無理やり突っぱねてしまった。

彼の両手を握り、そっと仰ぎ見て微笑む。

「……もう一度、言ってくれますか？」

「何度でも言う。愛している。本当のことを白状すると、執務室に来る寿々をいつも楽しみにしていたんだ。社内融資で困っている君を知って、ここぞとばかりに利用した。事故に遭って寿々が妻だと知らされても、なんら違和感はなかった。記憶がなくても君が俺の妻だと言われすんなり納得したのは、以前から好意を持っていたからだろう」

「そんなふうに思ってくださっていたなんて、うれしいです。私も手の届かない人だとわかっていたから、契約結婚でも幸運が舞い込んできたようでした」

「君を愛しているからこそ、キャリアを積みたいと言う気持ちを尊重し、避妊に同意したんだ」

「そう言ったのは、いずれは離婚すると思っていたからです。旅行中も私たちのことを話してしまおうか、ずっと葛藤していました」

「きっと話してくれていたとしても、寿々を愛しているから、契約結婚だったと知っても君への変わらなかったはずだ」

私の頬に手を置いた彼は唇にキスを落とす。

「優心さん、心から愛しています」

「寿々」

繋《つな》いでいた手は私のウエストに回り、そのまま持ち上げられた。

「キスしてくれ」

私も優心さんの首に腕を回し、言われるままに唇を重ねた。

九、通じ合う心

翌日、いつものように優心《ゆうしん》さんが運転する車に乗り、社屋の地下駐車場に到着した。

記憶が戻ったことは私に話すまで田沢《たざわ》秘書にしか言っておらず、今日中に社長には伝えるようだ。

助手席に座り膝の上に置いた私の手に、彼の手が重なる。

「風間《かざま》が接触したら、俺から離れるから少し時間が欲しいと言うんだ」

「はい。本当に、会社が巻き込まれないで済みますか？」

昨晩、夕食を食べながら風間さんの件をどうするのか聞いたが、色々動いているところだから、いつも通りにしていてほしいと言われた。

「ああ。大丈夫だ。今夜も先に帰っていてくれ。少し遅くなる」

「わかりました」

「週末は創立記念パーティーの服を買いに行こう」

創立記念パーティーは二週間後で、それまで風間さんの件が解決するといいのだが。

「……はい」

「ほら、いつも通りにするんだ」

暗い返事をする私の頬が優しく引っ張られ、軽く唇にキスを落とされた。


「おはようございます」

秘書室へ入りデスクに向かいながら、風間さんの姿を探す。彼女は私よりも十分ほど来るのが遅いから、まだ出社前なのだろう。

『風間が接触したら、俺から離れるから少し時間が欲しいと言うんだ』

先ほどの優心さんの言葉を思い出す。

わざとらしくならないように、ちゃんと言わなければ。

自分に言い聞かせて、いつものようにオープンキッチンへ行き、四人分のコーヒーを入れる。

社内はエアコンが効いて涼しいが、全員アイスコーヒーになっていた。

アイスコーヒーを専務室と社長室に届けて秘書室へ戻ると、風間さんはデスクに着いて仕事を始めていた。

人を脅《おど》すような人が近くにいてとても居心地が悪いが、今日は十時から重役会議があり、私も議事録を作成するため出席することになっている。

風間さんと同じ職場は気詰まりで、いっときでも彼女から離れられると思うと、正直ホッとする。

会議十五分前になり、ノートパソコンといつもは持っていかない自分のスマートフォンをジャケットのポケットに入れて席を立った。

スマートフォンはロックしていて絶対に見ることができないが、席に残しておきたくなくて、念のため所持することに決めたのだ。

秘書室を出てエレベーターホールへ歩を進めたところで、うしろから風間さんに呼び止められる。

「加々美《かがみ》さん」

立ち止まって振り返る。

「いつ出て行くか決まったかしら？」

「必ず優心さんから離れるわ。でも、少し時間が欲しいの。仕事もあるし、急には……」

「わかったわ。でも早くしてよね。あと二週間待つわ。創立記念パーティーには出席せずに、彼のもとから去るのよ。じゃないとそこで、あなたたちの契約結婚をばらすわよ」

少し苛立《いらだ》った様子で、彼女は秘書室へ戻って行った。

あと二週間……。

土曜日の午後、優心さんは約束通り、私を表参道《おもてさんどう》へ連れ出した。

梅雨が明けて日差しが痛いくらいの夏日だ。

「表参道で何を……？」

「何をって、言っただろう？　パーティーの服を買うんだ」

「で、でも言いましたよね？　風間さんからパーティーに出たらそこでばらされると」

「ああ。安心してくれ。パーティーまでに決着をつけるから、服を選ぼう」

優心さんがそう言っているのだから、きっと大丈夫なのだろう。

風間さんのことが常に脳裏にあるせいで疲弊していたが、週末だけは彼女に囚《とら》われることなく楽しまなくては。

卑劣《ひれつ》な考えの風間さんに負けたくない。

「寿々。日本で初めてのデートじゃないか？」

「あ……考えてみたら……」

風間さんのことから気持ちを切り替えて、優心さんに笑みを向ける。

「夕食はありますが、こうして手を繋《つな》いで街を歩くのは初めてですね」

車を降りたときから恋人繋ぎで歩いており、それがごく自然で当然だった。

「さてと、ああ、ここだ」

優心さんはハイブランドの店舗の前で立ち止まる。

「こ、ここの服なんて、似合わないかと」

「何を言っているんだ。似合わないわけがないだろう」

優心さんに引っ張られるようにして、店内へ歩を進めた。近づく店員に名前を告げると、奥の個室に案内される。

前もって予約をしていたようだ。

個室はスタイリッシュなグレーと黒のシックな壁紙で、ワンピースや裾の短いドレスが数十着用意されていた。

上質な生地で作られたそれらはどれも華やかで、決められるだろうかと迷うほど、どれも素敵《すてき》だ。

彼曰《いわ》く、パーティーに出席する同伴者は年配だと訪問着が多いが、私くらいの年齢なら華やかなワンピースが良いのではないかとアドバイスをくれる。

専務取締役の妻としてその場にふさわしいワンピースを探し、候補を三着にまで絞り優心さんの意見を聞く。

「どれもいいが……これが似合うだろう」

彼は純白のミモレ丈のワンピースを選んだ。

短めのオーガンジーで作られたボレロジャケットの下はスリップワンピースで、ウエストは締まり流れる裾までラインが美しい。

ふくらはぎの中心くらいまであるミモレ丈だ。

試着して見せると、優心さんの絶賛に頬に熱が集まってくるようだった。

ワンピースを購入したあとも、ブラブラと表参道の店やカフェに入ったりした。

その後、夕食は自宅近くのスペイン料理のレストランでとることにし、車で自宅へ戻った足で向かった。

大通りから一本路地を入ったところにある、こぢんまりしたレストランは、マドリードで入ったお店を思い出させるレンガ造りの内装だった。

優心さんもここへ来るのは初めてだったが、パエリアをはじめどの料理もおいしくて、赤ワインを飲みながら堪能した。

スペインにいるときは、私を愛していると誤解させてしまっていた罪悪感が心の隅にあって、心の底から楽しめはしなかった。

今は優心さんの愛を知ってこの上ない喜びなのだが、別の危惧することが出てきてしまい、それを頭から切り離せない。

「優心さん、さっきパーティーまでに決着をつけると言っていましたが、どんなふうに……？」

「その件はあとで話そうと思ったが、大事な奥さんは心配なようだから、今にしよう」

「お願いします」

真剣な表情で見つめると、彼はクッと喉の奥で笑う。

その余裕の顔を見れば案ずることはないのだと思うが、それでも不安は完璧に拭《ぬぐ》えない。

「あとで渡すが、風間と話をするときはペン型のボイスレコーダーを持っていって録音してほしい。それが証拠のひとつとなる」

「会話を録音……。わかりました」

ペン型なら操作が簡単で、知られずに録音できそうだ。

創立記念パーティーまであと一週間になった。

毎日緊張感に襲われている私とは反対に、風間さんはいつも楽しそうで時に鼻歌まで聞こえてくる。

秘書室でも彼女の機嫌の良さが話題になるほどで、室長が注意してからはなくなった。

普段通りにオープンキッチンで四人分のアイスコーヒーを入れていると、風間さんが現れた。

ポケットに挿しているペン型のボイスレコーダーのスイッチを気づかれないように押す。

「加々美さん、その後は順調？」

「順調なわけがないでしょう？　家を出ることも、会社を辞表だけで辞めることも大変なのよ？」

「まあ考えればそうよね」

風間さんが肩をすくめて笑う。

マシンがアイスコーヒーを入れ終えたので、録音も聞き取りやすくなる。

「私を憎むのは勝手だけど、前に聞いたあなたの話は犯罪よ？」

「犯罪だとしてもバレなければ平気よ。滞りなくあなたが出て行ってくれることを今から楽しみにしているの。晴れて私は専務と結婚できるもの」

「本当に結婚できると思っているの？」

「ええ。大事な研究結果のひとつをライバル企業の部長にリークして、わが社は危機に陥《おちい》るわ。そこでおじい様が私と結婚することを条件に支援すれば専務は〝NO〟と言えないはずよ」

つらつら言ってのける彼女に吐《は》き気がこみ上げてくる。

「リークするなんて、あなたの働く会社でしょう？　そんなことはやめて」

「こんな会社、結婚までの腰掛けで入っただけだもの。それを加々美さんが潰したのよ」

風間さんは眉根を寄せて近づいてくる。

それから私のポケットのペンを素早く抜き取り、じっくりそれを見遣ってカチカチ押す。

すると、先ほどの会話が聞こえてきた。

「あら、ボイスレコーダーじゃない。これで私を脅す気？　まさか、専務に話をしていないわよね？」

見つかってしまい、心臓が鷲掴《わしづか》みされるくらいギュッと縮む。

優心さんが関わっていると知られてはだめだ。

「話なんてできるわけないでしょう？　一緒に住んでいても部屋は別々だし、会話もないわ」

「まあ、話をしていたら今頃彼から、なんらかのアクションがあってもいいものね」

風間さんはペンを床に落とし、パンプスの踵《かかと》で踏みつけた。

「あ！」

「危ないところだったわ。じゃ」

彼女はツンと顎を上げて出て行った。

しゃがんで潰れたペンを拾う。

どうしよう……彼女は悪知恵が働く。私より一枚も二枚も上手なのだ。

大きく深呼吸をして壊れたペンをポケットに入れると、ドリンクホルダーをふたつ手にして専務室に向かった。

専務室をノックしてから入ると、目の前に優心さんが立っていてそっと抱きしめられる。

「あの女と対峙するのは大変だっただろう。悲観することはない」

「優心さん、どうしてそれを……？」

「オープンキッチンの防犯カメラを最新型にしたから、あの女の声はちゃんと録音されている」

「……本当に？」

足の力が抜けそうなほど安堵した。

「ああ。あそこで話をしてくれて良かった。このあとも普段通りにしていてくれ。さあ、コーヒーを社長室に持っていって」

優心さんは専務室のドリンクホルダーを持ち、デスクに戻って行く。向こうに田沢秘書が立っていた。

「失礼いたします」

レディファーストの優心さんがドアのそばにいたのに開けなかったのは、念のためだろう。

専務室を出て社長室へ向かった。

創立記念パーティーは、わが社のビルに入っている五つ星ホテルのボウルルームで行われる。

三十六階がホテルのロビーで、ボウルルームはロビー階から豪華なエスカレーターで上がった三十七階にある。

土曜日の十七時から秘書室の女性四名が受付対応をするが、風間さんは含まれていない。

彼女は祖父と一緒に、来賓として出席予定だ。

十八時から立食パーティーが開催されるが、優心さんから十六時に自宅を出るからと言われ、十五時くらいから支度を始める。

とうとうこの日が来てしまった。

不安に駆られ、心がざわざわと落ち着かなかったが、メイク後にワンピースに着替え、等身大の鏡で自分の姿を確認していると、優心さんが現れ鏡の中で目と目が合った。

彼はブラックスーツに光沢のある真紅のネクタイを身に着け、いつもよりさらに男の色気を増した姿に心臓が高鳴る。

不安でドキドキしたり、彼の姿にときめいたりして、心臓が忙しすぎて悲鳴を上げそうだ。

「とても美しいから真珠の精かと思ったよ」

「本当に似合っていますか？　こんなに素敵なワンピースを着るのは初めてなので照れくさいです」

髪は緩くサイドを編み込んでアップにしてみた。

「もちろん似合っている。うしろを向いて」

言われるままに彼に背を向けると、首もとにひんやりしたものがつけられた。

「これは……？」

首もとに手をやり、ネックレスに触れる。

「寿々の誕生石のサファイアのネックレスだ」

肩に手を置かれて振り返らされ、等身大の鏡の前へ立つ。

喉元に親指くらいの大きさの、美しいブルーの石が輝いている。その周りにも小さなサファイアが施されていて、目を見張るほどゴージャスだ。

「優心さん、マヨルカ島の海よりも青くて……ため息が出そうなくらい素敵です」

「これもはめてほしい」

彼は私の右手を持ち上げて、中指に同じデザインの指輪をはめた。

「優心さん、私に甘すぎます……」

「愛する妻には甘くなる。ほら、そんな心配そうな顔をしないで笑うんだ」

「でも……」

「心配しないで大丈夫。安心していい。パーティー前には決着がついている」

両頬に手を置いた彼は、私を安心させるようにそっと口づけた。


車を社屋の地下駐車場に停め、通路を歩きホテル側のエレベーターに乗り込むと、優心さんは四十三階のパネルをタッチする。

「四十三階へ行くのですか?」

「ああ。あの女を呼び出している」

すでに風間さんは〝あの女〟呼ばわりが定着してしまっている。

時刻は十六時三十分で、受付時間まで三十分あるが、社員たちはすでに配置についているだろう。

エレベーターが上昇するその間、ずっと彼に手を繋がれていたが、吐きそうなくらい緊張してきた。

優心さんが安心しろと言ってくれているので、大丈夫だと思いたい。

パーティー開始までにはすべてが終わっている。

「寿々、これからあの女に会うが何も心配いらない。君は俺のそばにいるだけでいい」

「……わかりました」

そのとき、豪華な箱は四十三階に到着した。

最上階はラグジュアリーな部屋になっていると聞いている。

彼が向かっているのはおそらくスイートルーム。そこにもうすぐ風間さんが現れる。

優心さんはカードキーでドアを開けて私を中へ進ませた。

「ソファに座っていろよ。顔色が悪い」

「はい」

横長の部屋は噂《うわさ》ではプライベートプールがあると聞いている。だが、今はそれを確認する気力もなくて、言われるままにソファに腰を下ろす。

そのとき、スイートルームにチャイムが響き、その音に心臓が跳ねる。

優心さんがドアへ颯爽《さっそう》とした足取りで向かう。

「スイートルームのお誘いなんて驚きました」

ドアの方から風間さんのうれしそうな声が聞こえてくる。優心さんを嫌いだと言いつつも、本当は好きなのではないだろうか。

そんなことを考えているうちに、黒に赤が映えるバラの模様のワンピースを着た風間さんが現れた。

彼女はまさか私がいるとは思っていない様子で、ギクッと足を止めた。

「なんで加々美さんがここにいるのよ！　約束を破る気なのね？　どうなっても知らないから」

風間さんはクラッチバッグからスマートフォンを出したが、背後にいた優心さんに取り上げられる。

「返して！」

優心さんを睨《にら》みつける彼女を尻目に、スマートフォンは胸のポケットへしまってしまった。

「何をするの！」

「自分の胸に聞いてみろよ。安易な策略で妻をよくも脅したものだ」

「あなたたちが契約だけの結婚だからでしょ」

悪びれた様子もなく言ってのけて「ふん」と鼻息を荒くしている。

ふたりの言い合いに心臓が暴れている。

「それは違う。俺たちは愛し合って結婚したんだ」

「私は証拠を握っているのよ。嘘吐いても無駄なんだから。あなた方の偽装をパーティーでばらしてやるから」

優心さんは楽しそうに口元を緩ませる。

「あれはイギリスにいる友人の契約書の草案だ」

「イギリス？　苦し紛れの嘘を吐くなんて！　丸め込もうとしても無理よ」

「では、証拠を出そう。エヴァン」

エヴァン？

聞きなれない名前を呼んだ優心さんはうしろを向いて、ひとりのブロンドの男性を招く。

その男性が風間さんに近づく。

「私がエヴァン・コールマンです」

流暢な日本語で自己紹介するコールマンさんに風間さんは怪訝《けげん》そうに眉をひそめる。

「証拠ってあなた？」

「Ｙｅｓ」

優心さんと年齢は同じくらいだろうか？

チャーミングと言うのがふさわしい笑顔だ。

「その契約書は私のです」

次の瞬間、風間さんがギョッと目を見開いて首を激しく左右に振る。

「嘘よ！　信じないわ！」

「これを見てください」

コールマンさんは胸ポケットから白い封筒を取り出し、中から出した用紙を風間さんに渡す。

「それはコピーですからご自由に」

「資産家のエヴァンは日本人を妻にするにあたって俺が相談に乗り、弁護士事務所が正式に契約書を作成したが、その前のものを見て君は誤解したんだ」

「まったくのでたらめよ！」

風間さんは素直に認めない。

コールマンさんと優心さんは顔を見合わせ、肩をすくめる。

「このままじゃらちが明かないな。俺の妻を脅し、君はわが社のデータを抜き取り、他社にリークしようとしていた」

優心さんの言葉のあと、奥の部屋からスーツを着た男性三人が現れた。

突然現れた三人の男性の姿に、風間さんは驚愕《きょうがく》した様子で言葉を失った様子だ。

彼らは彼女に対して警察手帳を見せ、港区《みなと》の警察署の刑事だと名乗った。

そして風間さんに恐喝《きょうかつ》罪や専務取締役のパソコンからデータを抜き取った窃盗罪、その他の罪を読み上げられ、彼女は逮捕された。

風間さんは何が起こったのか理解できないみたいで、抵抗することなく部屋から連れ出されていく。

私も事の成り行きに、あぜんとなっている。

「寿々、エヴァンを紹介する。このためにイギリスから来てもらった。エヴァン、妻の寿々だ」

「エヴァンさん、はじめまして。寿々です」

「スズさん、ユウの愛する女性とお会いできてうれしいです」

握手をエヴァンさんと交わしている間も、風間さんが気になる。

「優心さん……風間さんはどうなるのでしょうか……？」

「さあ……もう気にするのはやめよう。彼女は人の道から外れたんだ。そのせいで君が大変な目に遭った。さてと、もうそろそろ会場へ行く時間だ。じゃあ、エヴァン。帰国する前に飲もう」

「ＯＫ。ユウのためならいつでも時間を空けるよ」

三人でスイートルームを出て、私たちは三十七階で降り、エヴァンさんはそのまま下まで降りていく。

なんでも、これから一緒に来日した奥様と出かけるのだそうだ。

それにしても、事態は目まぐるしく好転し、まだショックが抜けない。

「話はパーティーが終わったらしよう。まずは君を俺の妻だと紹介して回りたい」

優心さんは麗《うるわ》しい笑みを向け、腕に手を掛けるようにジェスチャーした。

「……はい」

笑顔で彼の腕に手を掛けた。

優心さんにエスコートされて会場へ歩を進めると、次から次へと招待客に声をかけられ、彼は招待客に向けて私を妻だと紹介する。

挨拶《あいさつ》していた招待客が立ち去ったところで、ご両親のもとへ近づく。ご両親もちょうど白髪の男性と話し終えたところだった。

お義父様はタキシードで、お義母様は藤紫色の訪問着を着ていて、ふたりとも堂々とした姿だ。

「五十周年おめでとうございます」

祝辞を述べると、お義父様は「ありがとう」と満面の笑みになり、優心さんへ顔を向ける。

「これからも社員の幸せのために、邁進していこう」

「はい。努力します」

「五十周年の節目に、気立ての良い寿々さんと優心が結婚し最高の年になった」

お義父様は上機嫌だが、いつもの社長の姿と変わらない。本来の性格が朗らかなのだろう。

「寿々さん、なんて素敵なのでしょう」

「優心さんの見立てで……」

首を左右に振って見せるも、義母は破顔する。

「内面が輝いていなければ、いくら素晴らしい服や宝石を身に着けても似合わないものよ。優心の目が高くて私たちは幸せだわ。これからもよろしくね」

「ありがとうございます。私の方こそ、よろしくお願いいたします」

「寿々、挨拶に回ろう」

優心さんに促され、再び会場を回り、たくさんの招待客と話をしたり、食事をしたりした。

「なんだか結婚式をしているみたいです」

「仕事の関係者ばかりなのに？　それよりもちゃんと結婚式を挙げよう」

彼はドリンクサービスからスパークリングワインのグラスを二脚受け取る。

「私は挙げなくても満足していますよ？」

「俺が満足していないんだ。寿々のウエディングドレス姿が見たい」

フルートグラスを渡され、乾杯してから口へ運ぶと、スッキリしたスパークリングワインが喉を通っていく。

「本当に甘い旦那様ですね」

「それは否定しない。そろそろここを出よう」

飲み終わったフルートグラスをホテルスタッフに渡して、出口へ連れて行かれる。

「ここを出ようって、抜け出しても大丈夫なんですか？」

「ああ。あと一時間ほどで終わる。社長の挨拶も済んでいるから問題ない」

優心さんはエレベーターホールへ向かい、やって来たエレベーターに乗せられた。

しかし、エレベーターは下りるのではなく、上へ向かっている。

「優心さん、帰るのではないのですか？」

「スイートを予約している」

エレベーターが止まり、優心さんは先ほどのスイートルームではなく、別のドアのロックを解除して私を室内へ促したが、背後でドアの閉まる音がすると同時に、軽々と抱き上げられた。

「きゃっ！」

びっくりして彼の首に腕を回すと、唇が甘く塞《ふさ》がれる。

夢中で優心さんのキスに応えているうちに、床の上に下ろされた。そこは豪華なドレッシングルームで、私たちはお互いの服を脱がせ合う。

最後にサファイアのネックレスと指輪を外した。

隣のバスルームに入り、円形のバスタブの中にうしろから抱き込まれた形で体を沈める。

優心さんの手が右太腿を優しく撫《な》でる。

「ところで、傷をどうするか決めたのか？」

「あなたに愛おしいと言ってもらえた傷なので、このままでかまいません。優心さんのおかげでコンプレックスもなくなりました。でも、やはり見苦しい……と言うのであれば――んんっ」

唇が重なり、優しく食《は》むようにしてから離れ、彼は笑みを浮かべる。

「そんなふうに思うわけがない」

体の向きを変えて、愛おしげに見つめる漆黒の瞳から視線を逸《そ》らさず、私から抱きつくと肩口に唇が触れる。

そこからは甘ったるいほどの世界を夢中になって貪《むさぼ》り、快楽に身を任せた。


八月の下旬に実家が竣工し、父と兄一家はアパートから引っ越し、自動車整備工場もリニューアルオープンした。

キャンペーンを打ち出したせいか、以前の顧客が徐々に戻って来ていると知らされて胸を撫でおろしている。

常に父から優心さんへの感謝の念が堪《た》えない。

社内融資ではなく、彼のおかげで家と工場を建てられたのだが、それはずっと黙っておくことになっている。

警察に逮捕された風間さんはかなりのショックを受け、優心さんが起訴を取り下げたことで釈放になり、現在は心療内科へ入院していると聞いた。

甘やかされて育った彼女はすべてが自分の思った通りになると考え、プライドを傷つけられたところで、優心さんのパソコンに入っていたエヴァンさんの契約書を見て、私たちのものだと思い込んだようだ。

たしかに優心さんと私は当初、契約で結ばれた結婚だったから、彼女の思い込みも当たっていたわけだが。

私たちの契約書は会社のパソコンではなく、誰にも見られない自宅のパソコンで作成されている。

優心さんはどこまでも抜かりなく、さすがだった。

エピローグ

十月上旬の青空が広がる土曜日、都内の庭園が美しいホテルで純白のウエディングドレスに身を包んだ私がいた。

あと三十分ほどで、私は優心《ゆうしん》さんとチャペルで愛を誓い合う。

支度を済ませ、花嫁の控え室でドキドキと気持ちを高ぶらせていたところへ、ピンク色の華やかなワンピースを着た菜摘《なつみ》がお祝いに来てくれた。

「ご結婚おめでとうございます。うわー、今日の寿々《すず》は女神みたいよ」

「女神は言いすぎよ。菜摘だってウエディングドレスを着たら、特別になれるわ」

「そうかな……まだ彼氏さえいないのに、当分特別になれそうもないわ」

そう言って笑う。

彼氏なんてまったく考えていなかった私だって、あっという間に結婚したのだから、菜摘だってこの先どうなるかわからないと思う。

「電撃ってこともあるかもしれないわ」

「そうね。それを願うわ。あ〜神社へ行って神頼みしてこようかな。もう、私のことはいいわ。主役は寿々なんだから。それにしてもさすがTAKAMINEエレクトロニクスの御曹司の結婚式だわ。ウエディングドレスもオーダーメイドなんでしょう？」

「一生に一度しか着ないのに、もったいないって言っても聞き入れてくれなくて……」

「はいはい。たくさん惚気《のろけ》てよ」

ふたりで顔を見合わせてひとしきり笑い合ったあと「じゃあ、頑張ってね」と、控え室を出て行った。

菜摘と入れ替わりに、優心さんが現れた。

黒のフロックコート姿が似合っていて、胸が高鳴る。

麗《うるわ》しく笑みを浮かべて窓際の椅子《いす》に座っている私のもとに、ゆっくり近づいてくる。

「準備はいいか？」

「はい。今、優心さんを見て胸が痛いくらいドキドキしていますが」

「俺も美しい君を見て落ち着かない気持ちだ。きっと何年経ってもこの気持ちは褪《あ》せないだろう」

優心さんは私に手を差し出す。

その手にオーガンジーのウエディンググローブをはめた手を置き、立たせてもらう。

「愛している。これからたくさんの思い出を作っていこう」

優心さんの唇がおでこにそっと触れる。

「愛しています」

いつもなら照れくさい言葉だけれど、今日は晴れの日だからすんなりと言える。

そこへドアがノックされ、「花婿様、花嫁様、お時間です」と声がかかる。

「寿々、手を」

彼の腕に手を置き、最高に幸せな一歩を踏み出した。

END

あとがき

こんにちは。若菜モモです。このたびは『記憶をなくした旦那様が、契約婚なのにとろ甘に溺愛してきます』をお手に取ってくださりありがとうございました。

マーマレード文庫十二冊目の今作は、ヒーローが事故で記憶を一部欠如してしまい、ヒロインを愛する妻だと思い込むという展開を書かせていただきました。

三週間不自由なヒーローですが、それでもヒロインをドキドキさせる。寿々のドキドキの原因は愛と罪悪感。

そんなふたりのお話を楽しんでいただければ幸いです。

カバーイラストを手掛けてくださいました浅島ヨシユキ先生、ありがとうございました。最高に素敵な優心と寿々です。特に男の色気が漂っている優心には見惚れるほどでした。

出版するにあたりまして、ご尽力くださいました編集部の皆様、この本に携わってくださいましたすべての皆様に感謝申し上げます。

若菜モモ

マーマレード文庫

記憶をなくした旦那様が、契約婚なのにとろ甘に溺愛してきます

2024年3月15日　第1刷発行　定価はカバーに表示してあります

著者　若菜モモ　©MOMO WAKANA 2024
発行人　鈴木幸辰
発行所　株式会社ハーパーコリンズ・ジャパン
東京都千代田区大手町1-5-1
電話　04-2951-2000（注文）
0570-008091（読者サービス係）
印刷・製本　中央精版印刷株式会社

Printed in Japan ©K.K. HarperCollins Japan 2024
ISBN-978-4-596-53915-1

m a r m a l a d e b u n k o